御不浄バトル

羽田圭介

集英社文

目次

御不浄バトル

御不浄バトル

乗客達の体温の生む熱気が、開いたドアから外へ逃げる。乗っていた三分の一ほどの人々が地下ホームに出てきて、二両目にいた僕も電車から出るとホームの人が少ない側を小走りで進む。降車客達がホームを埋めつくす前に、エスカレーターに辿《たど》り着くことができた。

長いエスカレーター。僕の前にいるのは、先行の電車に乗っていた人々だろうか。後方から、ゆっくりとエスカレーターを歩いて上ってくる足音が聴こえる。振り向いてみると、茶色の革鞄《かわかばん》を持った巨漢の中年男性だった。あいつだ。見慣れた禿《は》げかけの頭頂を確認すると、僕もエスカレーターを一段とばしで歩き始めた。歩きながら後ろを振り向くと、他にも何人もの人々が長いエスカレーターの右側を歩いて上ってくる。そのうちの数人は、僕と同じ目的のはずだ。

誰にも追い抜かれることなくエスカレーターを降り、左手に見えるトイレを無視し改札を抜けた。左に曲がって数歩進むと右手に地上への階段が見える。そこからのぞける空は明るく、季節の移り変わりを感じさせる朝の冷気がさらっと地下に吹きこむ。僕は地上には出ず、そのまままっすぐ進んで駅ビルに入っていった。

駅ビルの地下は「ロ」の字型の通路になっており、通路に沿うようにして飲食店が並んでいる。けれど朝八時を迎えたばかりで、ほとんどの店のシャッターは下ろされたままだ。ダウンライトに照らされた地下通路を、僅かな人々が無言で行き交う。僕はその中でも人一倍速く歩き、一つ目の角のところにある細く短い通路に入る。突き当たりに入口が見えるがそこではなく、手前左側の壁にあいたもう一つの入口に入った。

まず視界の右側に入ってくる洗面台を今日は誰も使っておらず、パーテーションを過ぎると、三つある小便器の真ん中のでパン屋の若い男が小便をしていた。白い調理服に白い帽子。ライバルである彼が今日は参戦してこなかったからか、二つある個室のうち奥のが空いていた。

個室に入り、鍵を閉める。ドアについているフックに鞄の取っ手をひっかけるのと同時にベルトを緩め、ズボンをおろしつつ洋式便器に腰掛けた。一部の筋肉を緩め、一部の筋肉に力をこめると——ここ十数分ほど下腹の左側に感じていた張りがふっと大腿骨《だいたいこつ》の真ん中あたりまで引っ込んだ。

この時点で、もう気持ちがいい。いい太さのウンコが腸を通り、肛門からするっと流れ落ちた。少し遅れペニスの先端から小便も放出される。出しきったか、と思ったら第二波がくるようで、丹田に力を入れながらそれを待っている数秒の間もまた心地よい。第二波も第一波に劣らない量と勢いで、時間にしては三〜四秒だろうが、悪いものがどんどん出ている、と心的効果もあわさり、今日目覚めてから一番の快感を味わえた。

正面のドアを見ながらしばし余韻に浸っていると、個室の外を不規則に歩き回る固い足音がした。耳を澄ますと、入口のあたりからも違う足音が聴こえ、そちらは一ヵ所に止《とど》まって片足のつま先でも鳴らしているようだった。僕が個室に入って二分も経たないうちに、もう大便待ちができている。

このトイレで並ばずに大便ができるかどうかは、いかに早くここに辿り着くかにかかっている。僕の経験上、八時前後の数分というボーダーラインがあり、七時五八分の時点では空いている二つの個室も、八時五分ではもう埋まり、順番待ちの固まりに加わらなければならない。さっき乗っていたのは八時一分到着の電車だったから、焦らざるをえなかった。

隣の個室で用を足していた男はいつのまに終えたのか、流水音と同時にドアが開けられる音がした。入れ違いに別の男が入ってきたらしく、音が鳴り止まないうちに鍵の閉まる音がした。僕は三〇センチほど出したトイレットペーパーを三段重ねにし、スーツの下端が邪魔にならないよう腰の右側を浮かしながら尻を拭く。すると隣の個室から鞄のチャックを開ける音のあとに書類をまさぐる乾いた音がし、人の声が続いた。

「ウィーヴガッザパワー、ウィーアーディバイド、ウィー……」

耳慣れた、ぼそぼそとした発音。ところどころ英単語が聴きとれる。英語練習男と今日も遭遇した。このトイレでこの時間帯に、週に二～三度は隣り合わせる。だが練習男が英語の発音を練習するのは個室の中に入ってからだけで、彼がどんな身なりの男なのか、彼の声を聴き続けて一年半になる今でもわからない。

わざと音を立ててベルトを締めた。もう出ますよの合図。練習男がいったん練習を始めると五分は出てこないのを常連なら知っているから、もう一方の個室が空くのを待つしかなくなる。そこで順番待ちを諦めてしまう人もいるから、それを思い止まらせてあげるべく素早く流水レバーを引き、鞄を持って個室から出た。

憩いの場所は、一人でも多くの人に堪能してもらいたい。男性トイレ内には三人の順番待ちができており、さっきエスカレーターを歩いて上ってきていた禿げの中年男性が僕と入れ替わりに個室に入った。小便器では、髪に寝癖のついた高校生が用を足しているだけだった。

二つある洗面台の右側では、白シャツの上に綿地の黒いテーラードジャケットを羽織った男が、いつものように髪型を整えている。塗り終えたらしいワックスの容器が洗面台の脇に置かれてあり、はねた毛束を左手の指で念入りにつまみながら、右手で鞄の中から小型ドライヤーを取り出した。コードをコンセントに繋《つな》げ熱風で髪を固めはじめる。

やんちゃな髪型、やんちゃな黒い肌。紫外線を浴びすぎて老化した皮膚、特におでこの部分にはくっきりと三本の皺《しわ》が寄っているものの、髪を整える指先や目はまだ若者のそれで、大学二年生くらいの子なのかもしれないとも思う。ただ、毎日朝八時には東京のオフィス街のトイレにいるという律儀さは大学生とは思えず、謎だ。ホストだったらこの時間に帰宅するはずで、毎日朝八時から遊んでくれるような女も、存在するとは思えない。僕は洗った手をハンカチで拭きながらトイレを後にした。

重いガラスのドアを開けると吹き抜けのテラスになっていて、エクセルシオールカフェやマクドナルドだけが営業している。暑さと寒さの入れ替わるこの季節、こんな時間から好んで屋外席でハンバーガーとコーヒーを口にしているビジネスマンもいる。

幅広の階段を上りしばらく歩くと、右手前方に僕の勤める会社が見える。すぐ近くにある大学病院の制服を着た女三人連れが、コンビニの袋を提げながら脇を通り過ぎる。本人達は気づいていないのかもしれないが、消毒用アルコールの香りが鼻につく。

八階建てビルの入口をくぐるとステンレスの郵便受けが並び、その奥に階段と小さなエレベーターがある。エレベーターは六階から上へ上がっているところで、僕は階段を五階まで上った。雑居ビル内のオフィスとは不思議なもので、フロア内の内装がきちんとしていると、ちゃんとした会社に思えてしまう。僕が勤めだす一ヵ月前に張り替えたばかりだというグレーの吸音カーペットと真っ白なパーテーションの織り成す空間は二年以上前、就職活動の最中に足を踏み入れた外資系商社や大手マスコミのような雰囲気だ。

「おはようございます」

挨拶しながら中に入ると何人かが返してくれた。一人は、営業部隊の河本さん。あとは入口から離れたところにあるデスクについている所長と、人の少ないフロアを忙《せわ》しなく歩き回っている事務の斎藤さん。

入口から入ってすぐ右側には楕円形《だえんけい》のデスクがあり、四台の電話機が置かれている。絡み合ったケーブルに足をひっかけないようその横をまっすぐ進むと、窓際に僕のデスクがある。白いデスクトップパソコンの両側に置かれた二冊のファイルの間に、付箋のついた新しい資料が挟まっている。大宮と川崎の二営業所の売り上げと社員の営業成績が記載されていて、パソコンの電源を入れてからキーボードの前に資料を置く。

OSが起動するのを待ちながら、椅子の背にもたれかかった。さっき大便をしたばかりで、下半身が軽い。パソコンのファンが熱風を孔《あな》から外に送り出し、デスクにのせた手の甲の産毛をくすぐる。その生暖かさが、日当たりの良い席に座る僕に逃げ場のなさを感じさせた。

「渡辺さん、そこらへんに江東区の地図ってありませんか？」

右手に鋭利なハサミを持った坊主頭の河本さんに笑顔でそう言われ、僕は地図を探してみた。前職は自動車部品メーカーの営業だったという河本さんは柔道家のようなどっしりとした体型で、いつも愛嬌《あいきょう》のある笑みを浮かべている。だからこそ、こちらに向けられたハサミが不気味で、笑って細くなった目尻の鋭さと重なる。

「ないみたいですね。バイトの子たち、昨日ちゃんと作っていかなかったんですか？　ったく」

「いやいやいいんですよ、あの人たちも色々と忙しいでしょうし、使う本人がこうやってちゃんと作ればいいんですよ、ええ。はは」

河本さんは高い声の早口でそう言うと、ハサミの柄を太い指で握ったまま再び江東区の地図を探しはじめた。もう三〇歳を超しているはずで、いくら止《よ》してくれと言っても僕にずっと敬語を使ってくる。僕だけでなく、アルバイトの大学生たちにもほとんど敬語で話す。その低姿勢は営業一筋でやってきて身についた処世術なのか、それともただ単にそういう性格なのか。

僕同様エレベーターを待ち切れず階段を上ってくる足音がわずかに聴こえ、どんどん大きくなってくる。朝礼の一〇分前にまとめてやって来るから、ウチの会社の人たちだというのはすぐわかる。彼ら一人一人が集まる毎《ごと》に大きくなってゆく朝礼前独特の緊張感でフロアが満たされる前に、大きく息を吸って吐く。壁の何ヵ所かに標語が貼られていて、ぼんやりしたくてもそれらが目に入ってくるとただ不快になった。

「東ブロック一帯売上一位！」、「結果、結果、結果」、「天上天下！」、「臥薪嘗胆《がしんしょうたん》」、「言い訳禁止、結果至上」……。

せっかく綺麗《きれい》に改装したオフィスに前時代的な標語をべたべたと貼り付けてしまう趣味の悪さに、すべてが表れていると思う。表面だけ取り繕おうとしても、ふとしたところに歪《いびつ》さが顔を出している。それを見抜けず、学校法人向けの広告代理店だという説明を鵜呑《うの》みにして入社してしまった自分が、この会社の中で最も間抜けなのだろう。

営業部隊が出払ってしまうと、また出社直後のようにフロアはがらんとした。所長も朝礼のあとしばらくデスクにいたかと思うと、大きなブリーフケースを抱えてどこかへ出かけてしまった。

一一時を過ぎた頃に新入りバイトの澤野くんが、しばらくして千佳《ちか》ちゃんがやってきた。二人とも僕の席の近くにある楕円形のデスクにつくと、隣り合うようにして座り電話番を始めた。といっても、この時間はまだそんなに電話の入る時間帯ではなく、二人はとりとめのない話を楽しそうにしているだけだ。遠慮せず声を出しているのは、デスクが壁際に位置していることの他に、社員が僕と斎藤さんの二人しかいないからだろう。

斎藤さんはここから離れた所長のデスクの近く、パートのおばちゃんたちが使う長机の上で何かをやっており、時折お茶を飲んだりしている。三十路《みそじ》を少し過ぎたくらいだろうか。白いシャツに濃い緑色のベスト、同色のスカートを合わせている。一応、この会社の女性社員の制服らしいのだが、他に着ている人が誰もいないから、チャコールグレーのメガネもあわさりコスプレにしか見えない。企画モノの熟女ＡＶに出ていてもおかしくない感じだ。

「渡辺さん、コンビニ行きますけど、なにか買ってきましょうか？」

かすれ声の千佳ちゃんにそう訊《き》かれ、何も欲しいものはないが考えるふりをした。痩せぎすな彼女が今日はヒールの高いサンダルを履いていて、ただでさえ背が高いから男とあまり変わらないくらいの背丈になっている。モノトーンＴシャツの上に、ピンク色の極小サイズのジージャンを羽織っているところだった。

「うーん、特にないや」

そう返事すると千佳ちゃんは頷《うなず》き僕に背を向け、乾いた足音を立てながら歩き出した。その頼りない足音で、体重の軽さが伝わってくる。去年の春まで——大学にいた頃までは特に振り向きもしなかったような程度の女でも、社会人になり同年代の連中ともなかなか会えなくなると、魅力的に思えた。少し尖《とが》り気味の顎や細い目、元ヤンみたいなかすれ声は僕の好みから外れているが、千佳ちゃんもそう思える一人だ。それにしても、あんなにたくさんいた同年代の女の子たちは、いったいどこへ消えてしまったのだろうと時折疑問に思う。大学を一緒に卒業した全国の同期たちは去年から社会に出て働き始めているはずなのに、その社会の中では、歳の近い同期たちと会う機会がほとんどない。

デスクに残された澤野くんは、おそらく千佳ちゃんと同じくらいの背丈か。電話機を前にして一人不安そうにマンガを読んでいて、ワックスで逆立てた髪や日焼けした肌が今朝も見かけたあの似非《えせ》ホストを連想させる。でも澤野くんの浅黒い肌は大学のサークルでやっているというサッカーによるものだから自然な健康さを秘めており、凹凸のはっきりしている顔でも表情はなんとなくぼんやりとしている。すると電話が鳴り、何か小声でぼやきながら澤野くんはマンガを置き、一度咳払いをし受話器を取った。

「お電話ありがとうございます、電信教育センターです」

視界の右端で、斎藤さんが澤野くんに目をやるのがわかり、僕はディスプレイに目線を戻した。

「はい、四Cクラスの……ハセガワタイチくんですね。はい、それじゃあね、先週やっておいてって言った宿題があると思うんだけど……そうそう、たしか二二ページから二五ページだったよね？　やってみてどうだった？」

命の危険に晒《さら》されている、とでもいうような緊張した早口で話していたのは一瞬で、すぐに子供相手のゆっくりな話し方にシフトした。僕は新たなメールに添付されていた静岡営業所の営業成績表を、ダブルクリックで開く。

「そっかぁ、直角三角形の問題だよね。じゃあハセガワくん、三角形の内角の和はわかる？　……だよね、そしたら、一八〇から九〇を引いてみて、次に六三を引……はは、そうそう、よくわかってるね。そしたら、次の問題も同じだからね。そしたら……」

抑揚のついた澤野くんの声が、三人しかいないオフィスに響く。営業用でも猫かぶりでも、作った声は普通の声より抜けがいい。会員の子からの週一回の電話。このシステムを設けているからこそ、会員達から安易に訴えられずに済んでいる。目前の仕事に没頭しようと努めるが、どうしても彼の声が耳についてしまう。すると、ズボンのポケットの中でケータイが振動した。四分の三拍子に合わせての振動。美彩子《みさこ》からのメールだと、太股《ふともも》に伝わるリズムだけでわかった。だが斎藤さんが今いる場所から僕のデスクまでの間には彼女の視線を遮る物がない。振動がやむのを待ち、仕事を再開した。それにしても、出勤して三〇分も経たないうちにコンビニへ行ってしまった千佳ちゃんが、なかなか帰ってこない。

*

電車を降りたのは七時五二分。いつもより余裕はあるが、癖でエスカレーターを歩いて上ってしまう。急ぐためのその行為自体がまた腸の蠕動《ぜんどう》運動を活発化し、危うくなる。それでも、改札口の手前にあるトイレは当たり前のように素通りする。狭いだけで別段、混んでいるわけでも汚いわけでもない。ただ大便器に座り肛門の筋肉を緩めている際には、自動改札機の立てる甲高い電子音や行き交う人々の忙しない足音が、油断しきっている身体《からだ》に酷だ。

僕の数歩前を歩いていたパン屋の男と一緒に、いつものトイレに入った。トイレ内には誰もおらず、白い調理服のパン屋は今日もウンコをせず小便器の前に立ち、個室の便器に腰をおろしているのは僕だけだった。

いつ来ても、落書き一つない綺麗なトイレ。切符を買って改札の中に入らなければ使えない駅のトイレと違い、駅周辺にいる誰もが使用するのだろうから、もっと汚れていてもいい。けれどもここのトイレは至極清潔で、いくつかの角を曲がったところにあるから外界の喧騒《けんそう》や気候の変動とは無縁で、いつでも快適な環境。生まれた頃から今も住み続けている足立区の駅前トイレなんか、それはもうひどいありさまで、壁には知りもしない誰かへの誹謗《ひぼう》中傷や連絡先、卑猥な言葉や下手くそな絵が油性ペンやボールペンで書かれており、天井の隅や窓枠にはクモの巣がいつも張っている。

今日も快適なウンコを済ませると、三つに折り重ねたトイレットペーパーで尻を拭く。するとゴム底の立てるくぐもった足音が近づいてきて、隣の個室に入った。ファスナーを開ける音と紙をまさぐる音の後、すぐに英語の発音が薄い壁越しに聴こえてきた。流水レバーを引き個室の外に出る。髪の手入れを全然していない状態の似非ホストが入れ替わりに中に入り、ドアが閉まるのと同時に鍵がかけられた。

一見、代謝の低そうな文化人という風貌の直樹だが、牛カルビランチ定食ご飯大盛りをたいらげた上、デザートの黒糖アイスを実においしそうに食べる。僕がお茶ばかり飲んでアイスに手をつけないでいると、

「もし、ナベさんがいらないんだったら食っていい？」

僕が頷くとメガネのレンズの奥にある目が細くなり、嬉々としてスプーンですくい始めた。重ね着したシャツに溶けたアイスが飛んでも気づく様子はない。直樹の甘いものへの偏愛ぶりは大学入学当初、軽音サークルで知り合った時から目にしていて、フェンダーを背負った彼がマクドナルドのソフトクリームを両手に一つずつ持ち交互に食べている姿は仲間内で語り草だった。オシャレと甘いものに情熱を傾ける直樹は平日の今日、大学時代と同じような服装をしている。

三ヵ月ぶりくらいに会った直樹と昼時の店内で長話をするのもはばかられた。会計を済ませ、もらったミントガムを噛《か》みながら店の外に出る。店員に案内されるより早く、路地に無言で立っていた作業服の男たち三人がぞろぞろと店内に入っていった。店に入る前は曇り空だったが、古びた小さいアーケードを出ると強い日光に晒された。風が吹いていて、ボタンを外したままの上着とシャツの間に入り込み、汗をかきはじめていた背中を一瞬ぞくっと冷やす。大通り沿いのスタ

ーバックスに移動した。

ここでも直樹はひどく甘ったるそうな商品を注文し、さらに自分で色々トッピングしていた。高いスツールに腰掛け丸テーブルを挟んで向かい合う。

「随分羽振りがいいな、スタバで一〇〇〇円近く使うなんて」

「今、地味に失業成金だからね」

成金。聞き間違いか？　彼が会社を辞めたことはメールのやりとりで知っていたが、面と向かって聞くのは初めてだった。直樹の勤めていた人材派遣会社が不況の影響を受け希望退職者一〇〇名を募りだしたのは六月の頭で、先を見据えた上で彼はそれに乗り、八月末をもって退社したという。変に気を遣うのも悪い気がして、

「プーさんか。そのわりにはヘラヘラしてるな」

「まあ、ずっと腰を据えられる会社じゃないということは入社した頃からわかってたしね。退職者が増えるほどその分の仕事が残る人達にまわって、労働環境は日に日に悪くなってたよ。けど、退職金七〇万円もらえたし、会社都合退職だからハローワークで手続きすると失業手当を三ヵ月の給付制限なしで俺の場合は月約一五万、それも最大一五〇日間もらえるんだぜ！　会社都合最高」

「会社都合とかよくわからんけど、とにかく激アツってことか！　遊びまくれるな！　なんか買ってくれよ」

「おお、二年ぶりにホノルルマラソンにも参加してくるぜ！　……って最初は思ったけど、国民年金や健康保険払ったりで出費多いし、昨日もハローワーク行って来たけど、今は企業の求人をあてにするのは難しいって言われた。手に職つけるというか、資格とるしかないみたい、結局のところ。求職活動を所定回数以上行って、月一回、定められた日にハローワークへ行けば失業保険はもらえる。でも実際問題、失業保険より新しい働き口のほうがよっぽど欲しい」

「へー。俺も辞めようかとたまに考えたりするけど、どうなんだろ」

「やめとけやめとけ、って、会社辞めるのをやめておけ、って意味だからね？　ろくな大学卒業したばっかでなんのスキルもない人間が再就職しようとしても、ろくな仕事ないぞ。小学生の頃からみっちり勉強させられるような家庭で育ったナベさんが、肉体労働とかできるか？」

　直樹の特徴でもある論理的口調は次第にやや真剣味を帯びていったが最後の言葉は僕に問いかけているというより、自分に向けているような感じだった。僕も僕で失業に関する一つ一つの言葉がよくわからず、カフェラテに口をつける。

この近くにある資格学校へ三限の授業を受けに戻るという直樹が席を立ったのは一二時四八分で、僕は座ったまま彼を見送った。昼休みの終わる一時まであまり時間もないが、外回りをしない僕にとってはたとえ数分の時間でも、オフィスの外で過ごす時間が長いほうがいい。ただ、あの会社での経理という職種は拘束《こうそく》時間が長いだけで、上司に怒られたり出先で直接苦情を言われたりするわけでもない。平均勤続年数が半年である営業部隊よりかはストレスもよほど少ないはずだ。ポケットの中に突っ込んでいたケータイが振動した。美彩子からのメールだった。

〈またニンニク入れまくったでしょぉ！　私は、メーヤウに連れてこられてます。〉

焼肉屋で返事を打ってから一五分ほどしか経っておらず、昼休みに友達と食事でもしながら打ってきたのだろう。学生街の片隅にある、ボリューム重視のカレー店の匂いが甦《よみがえ》る。体温の上がった学生たちの汗と香辛料の匂いがまじわるが、それが不思議と不快ではないのだ。いいぞ美彩子、もっと遊んでおけ。メールの内容そのものより、陰鬱さとは無関係な場所に生きている大学三年生の自由さに、だいぶ救われているのかもしれなかった。

〈いいなあ、メーヤウ。でも行く時間ない…。かわりに美彩子の部屋でカレー作っておいてよ（笑）〉

　打ち込んだ文章を送信しながら画面右上の時刻表示を確認し、席を立った。

＊

「そのうちの解約二件を抜きにしても……なるほど、入力ミスではないんですね。そこまで成績良かった人がなんででしょうね……はい、村内所長からそうお伝え願えますか。それでは失礼いたします」

　僕は受話器を置き、首を揉《も》む。大宮営業所の村内所長の軽快な喋《しゃべ》り口が、左耳の奥でまだ響いている。行政処分を受けるたびに形を変え生き残ってきたこの会社は実質創立二五周年で、そんな会社の一営業所の所長にまでなれる人間の神経は案外、そう複雑ではないのかもしれない。約半年で辞めていく一般的な社員たちと較べ、ストレスを溜《た》めていないように見える。ウチも含め、所長をやっている四〇歳前後の男たちはほとんどがそうだ。人間としての正常な感覚のどこかが壊れている。

そう思う自分も今月で、入社して一年半を迎える。職種が違うからとはいえ、僕の顔は営業の人たちと較べたら全然やつれてはおらず、仕事には妙に馴染んでしまっている。ただそれは、子をもつ母親たちに百数十万円もする教材を直接売っているわけではないぶん、感覚が希薄なだけなのだろう。自覚がないまま、各営業所のバックアップを行い、営業実績を上げさせる。

「こんにちはー」

入口から紙袋をたくさん抱えたおばちゃんが入ってきて、オフィスにいる人々にマイペースな口調で挨拶しがてら、紙袋の中からプラスチックのケースを取り出しそこかしこのデスクに置いている。たしか、小山さんだ。テレホンアポインターのおばちゃんたちが陣取る長机とは離れていることもあったが、彼女らは彼女ら同士でまとまってしまっているところがあり、いくら会話をしてもなかなか名前と顔が一致させられないでいる。

「わあ、おいしそう！　渡辺さんも、小山さんの蒸しパン、食べます？」

一〇月だというのに濃いピンクのミニスカにラメ入り黒Tシャツという、露出の多い格好をした千佳ちゃんにかすれ声でそう言われ、僕は楕円形デスクまで歩み寄った。今日のこの時間、会員の子たちからの電話待ちをしているのは三人で、千佳ちゃんとエビちゃん、それに太田くんだ。エビちゃんは自動車ディーラーの家の息子で、金町の自宅から茨城にある大学まで、そしてこのバイト先へも毎日せっせと愛車オデッセイで通っている。ビルで契約している近くの駐車場が空きだらけなのをいいことに、彼はそこへ勝手に停めていた。ウーハーにより増幅されたヒップホップの重低音が窓越しに響いてきたら、大概そこにはエビちゃんのオデッセイがあった。彼は部屋の中でも坊主頭にキャップをかぶっていて、車移動ばかりであまり歩かないからか、身体全体がむっちりしている。

「千佳さん、二個も食べてる！　よく太んないですよね」

「いや、これでも夏より二キロ太ったの！　超ヤバいよ。エビちゃんなんか年中ダボダボの服しか着ないんだから、太ってもバレなくて羨ましいよ」

「そういう問題じゃなくて、営業さんたちのぶんも残しておいたほうがいいんじゃないか、って話ですよ」

古参バイトである太田くんは二人のやり取りに時折笑い声だけで反応しつつ、ケータイをいじっている。口に入れた蒸しパンは、しっとりとしていていい味だった。うまい、と一言つぶやいたら千佳ちゃんにもう一個すすめられた。

「だからYO！　あんた食い過ぎ蒸しパン、今日もシッポリ誰かとパイパン」

エビちゃんが雑な即興ラップを披露すると、千佳ちゃんは思いの外《ほか》強く彼のボディーを殴った。彼らと五歳も違わない歳の僕は、他の社員たちよりも気が合う。それは歳のせいだけでなく、大学に通っている、もしくは通っていたという共通点があるからだと思う。

今はもう去った営業さんに、この営業所の社員で大卒なのは僕だけという事実を耳打ちされたとき、驚いた。時折、学歴がないせいで転職もできないと卑屈になる営業さんがいたりして、反応に困ることもある。そのぶん、稼いでいる人は一般的なエリートビジネスマンとも違い、高級時計と高級鞄、スポーツ車と、絵に描いた成金みたいな金の使い方をする。なんとなくの感覚でしかないが、ここにいるアルバイトの大学生たちが同額の金を稼いだとしても、そのような使い方はしないと思う。

「蒸しパン食べたら、お茶飲みたくなっちゃった。コンビニ行ってくるけど、なにか買ってきてほしいものある人は？」

千佳ちゃんが立ち上がりながらそう訊くと、太田くんがメガネのレンズをTシャツで拭いながら「雪見だいふく」とだけ注文した。給湯室からポットと急須、おそらく人数分の湯飲みをトレイに載せて持ってきた小山さんの姿が目に入っているはずだが、千佳ちゃんはそれを無視しオフィスから出て行った。女たちは、至極マイペースだと思う。

蒸しパンの五つ残ったケースのふたを閉めようとしたら、横にあった電話が鳴った。瞬間、エビちゃんと太田くんが目配せしあい、「エビ、取れよ」との太田くんの一言で結局はエビちゃんが受話器を手にする。

「お電話ありがとうございます。電信教育センター、教務の海老原です。……はい、三Hクラスのタカツキくん……ああ、もうできたのー？　じゃあ、やったページの確認をまずさせてね。算数は……」

会員の子からの週一回の電話。教務という肩書きのアルバイト学生であるエビちゃんは、受話器を肩と首のあいだに挟んだまま、ブックスタンドから三Hクラスの教材を取り出し目の前に開く。邪魔しては悪いから自分のデスクに戻ろうとしたら、小山さんがやってきて三人分のお茶を淹《い》れてくれたので立ち上がりづらくなった。熱いお茶を太田くんと二人ですすっていると、また他の電話が鳴った。飲み会でも大ウケだというネタの「ガンズ・アンド・ローゼズあるある」を披露してくれていた太田くんは湯飲みをゆっくり置き、受話器を手にする。

「……教務の太田です。はい……あ、申し訳ありません、湯沢は只今外出中でして、もしよろしければ代わりの者で……」

アポインターのおばちゃんたちが名簿に載った電話番号に片端から電話をかけてゆくのも、営業部隊がアポのとれた各家庭に足を運ぶのも、子供の父親が仕事で出かけている時間帯に集中する。仕事の中身に関係なく、働いている者たちには外界との繋がりがあり、世間慣れしているから教材の訪問販売になど引っかからない。高額な教材を買うのは、父親でも、もちろん子供でもなく、ずっと家にいてネットで評判を調べたりもしないような主婦たちだ。

「でも、それは難しいと思いますよぉ。といいますのも、ここで辞めてしまうと、中途退会料が発生してしまうので……はい、教務の私では詳しくはわからないので、湯沢、もしくは他の者に確認していただくことになりますが」

夫のいない間に、訪問してきた営業さんに言葉巧みに教材を買わされた主婦は、しばらくしてから悪徳商法なのではないかと疑いだす。だがそんな馬鹿な買い物の事実を日中働いている夫に言える主婦は稀《まれ》で、クーリングオフ制度を知っていても、営業担当者からの執拗な電話に根負けし、解約の機会を逃す。無警戒に高額な教材を買ってしまうような人に、消費者相談センターや弁護士に相談したりするような発想はない。そもそもちょっと危なさそうな客には、ローンだけ組ませておきクーリングオフ期間を過ぎてから教材を送ったりもする。法的に契約を解除できそうもないと思い至った客は、最悪の現状を肯定的に捉えようとする外なく、「高額教材を買った」という事実を誰にも相談できずにいるうち、自分はまっとうな買い物をしたと思うようになるのだった。だが教材を買ったことを父親に言うなと、子供にはきっちり口止めする。だから会員の子供たちが学習相談の電話を入れてくるのも、主婦たちが契約についてあれこれ言ってくるのも、一家の大黒柱が働きに出ている日中がほとんどだ。

事務の斎藤さんの目も気になり、ややぬるくなってきたお茶を飲み干す。と、楕円形デスクの上で三本目の電話が鳴った。千佳ちゃんはまだコンビニから戻ってきておらず、太田くんもエビちゃんも、しばらく手があきそうにない。困って斎藤さんのほうを見ると、あんたが出て、というふうに顎をひょいと突き出した。一応、電話応対マニュアルには目を通しているし、何回かは受けた経験もある。

「お電話ありがとうございます。電信教育センター、教務の渡辺と申します」

「あの……ヤナセです。五Kクラスの」

鼻の詰まったような声は、弱々しい。急いで会員名簿を取って開くと、ヤナセという苗字を探した。五Kクラスの、柳瀬浩一くん。小学五年生の一人っ子で、住所は世田谷区の千歳烏山《ちとせからすやま》。父親の職業は生命保険の外交員でエリアマネージャー。営業担当者は、本山正となっている。初めて目にする名前で、僕が入社する前に辞めていったのだろう。

「はい、柳瀬浩一くんですね。今日はどういった質問ですか？」

言ってから、これじゃ子供電話相談室だと気づいた。ただ相手は小学生、気楽にやればよい。

「……今週は算数は四三ページから最後のページまで終わって、国語も最後まで、理科は四二ページまで……社会も最後までやりました」

用意しておいた言葉を一息に言おうとして、途中で苦しくなったのが受話器越しによく伝わった。変声期前のこもった声は、四〇前後の太った女の声に近いとも思う。

「おお、すごいね、よくやったねー。じゃあその中で、どこかわからなかったところとかある？」

「特に……なかったです」

「あ……さようでございますか……」

五Ｋクラスの指導マニュアル四冊をブックスタンドから抜き取っていた僕は、

完全に出端《ではな》をくじかれた。週一回の学習相談なのだ、何か一つくらいは質問しろよと思う。解答を見て自分で理解できてしまうなら、四教科二年コース、合計一六八万円も支払った意味が、全然なくなってしまうだろう。

「……で？」

小学生相手に、無駄に甘えてみる。就職活動には真面目に取り組まず、広告代理店だという嘘《うそ》の会社案内も見抜けずこの会社に新卒入社してしまったお兄さんに、柳瀬くんはどうしてほしいのですか？

「あの……理科以外、の教材、もう終わりました」

そういうことか。算数、国語、社会の教材をやり終えたなら、新しい教材――今度は応用編を、購入させなければならない。年単位で契約していても、早く終えたのなら新しい教材を買わせる必要が出てくる。僕の手元にある教材はどれも薄っぺらで、普通の書店に行けば一〇〇〇円以内で買えるような代物でしかない。そんな教材が、指導料込みという名目のもと一学期分の四冊セットで二八万円もする。応用編はたしか、もっと値が張った。

ほとんど学習効果の現れない新たな教材を、母親に契約させなければならない。経理として入ったとはいえ、僕も二週間の研修ではそのことをみっちり叩《たた》き込まれた。受話器を耳に当てたまま、両肘をつく。

「どうだった？　ひととおり、やってみて……」

余計なことを言っている。本題へ進むまで迂回路《うかいろ》を通ったところで、状況はどのみち変わらない。

「はい、まあ。……あの、お母さんが新しい教材買うかどうか迷ってる、って言ってました」

立場上、はいそうですかと聴いているわけにもいかない。かといって新しい教材の購入を勧められるかというと、それも良心が痛む。

「……ん？　どうしてかな？」

良心。今まで経理として表の中の数字に没頭することで自分だけは圏外にいたつもりだが、それが崩れてゆく。経理は営業やアポインターたちとは違い相手の顔や声が全然うかがえないぶん、自覚せずに済んだだけだ。

「お母さ……母が、おじいちゃんからこのことでちょっと怒られて言い合いになって、だから、新しい教材はどうしようか、って……ました」

この電話を他の社員にまわせば、法的にはハッタリでしかないが一〇〇万円以上する中途退会料のことを持ち出し、教材を継続購入させ自分の営業成績に繋げるのだろう。

「お父さんに知られて怒られたってこと？」

「お父さんじゃなくておじ……祖父が、ちょっと怒ってて……」

「そうか、それは大変だね。あの、お母さんはいつ家にいるの？」

さっきまでの作り声はやめ、ただ明瞭な発音で訊いた。数秒の間があったが、柳瀬くんはぼそっと答えた。

「昼間は、だいたい二時半から四時までの間だけいます」

パートの掛けもちでもしているのだろうか。高額のローンを、夫に内緒で返済するために。

「その時間にでもまた電話してきてほしいって、お母さんに伝えてもらえる？担当は、芝山でした。教務の、芝山でした」

そう言うと、受話器をもとに戻した。本来ならこちらから再度連絡する旨を伝えるべきなのだろうが、子供まかせにしてしまえばこの話もうやむやになるかもしれない。するとちょうどビッチみたいな格好の千佳ちゃんがビニール袋を提げてオフィスに戻ってきて、まだ電話応対中の太田くんとエビちゃんにチロルチョコを渡していた。

「渡辺さんには、これ」

頼んでもいないのに、板チョコをくれた。お金を渡そうとしたが彼女は手を振ってそれを断り、僕の向かい側のOAチェアに座った。チョコをくれたのはありがたいが、それ以前に、休憩ばかりしてないでちゃんと電話番をしてろ。そんなふうに思ったのは、入社してから初めてだった。

二時間ほど集中して取り組んでいた仕事の片がつくと、六時半になっていた。日中に契約をとりつけた人や今日はもう諦めた人など、営業さんのうち何人かはオフィスに顔を出し挨拶するとそのまま帰宅して行った。所長や事務の斎藤さんがいないので椅子に座ったままおもいきりのびをしていると、体格の良い坊主頭の人がオフィスに入ってきた。メガネをかけていたのではじめはわからなかったが、「お疲れさまですみなさん」と早口で言うその高い声は、河本さんだった。

「河本さん、メガネかけてたんですね」

座ったまま声をかけると、河本さんは鞄を置き指でフレームを触りながら口を開いた。

「ああ渡辺さん、お疲れさまです。これ、伊達ですよ。ほら、僕、いかつい図体してるから、最近訪問先ではこれかけるようにしてるんですよ。ドンキで五〇〇円でしたからね、安い買い物ですよ」

伊達メガネをしまいながら笑う河本さんの目は線のようになっていて、身体に似合わず愛嬌のある表情だと思う。そして五〇〇円の伊達メガネを使っているところなんか庶民的な感覚だと勘違いしそうになるが、そこは計算なのだろう。ちょっと売れてきた営業さんたちはみんなすぐにロレックスやオメガ、ヴィトンなんかの小物を身につけ始めるが、所内ナンバーツー営業マンの河本さんに限り決してそんなことはしない。地味な格好で主婦たちに警戒心を抱かせないようにし、そのままスムーズに契約にまでこぎつける。河本さんはアポインターのおばちゃんたちやバイトの子たちにも挨拶してから、最後に出入口の前で会釈し帰宅していった。自動車部品メーカーで揉まれてきたという三〇過ぎのあの人には、無敵のオーラがある。

七時近くになって、バイトの三人が出前のメニューを見始めた。僕もその輪に加わろうとしたが、運悪く事務の斎藤さんが戻ってきた。バイトの子たちは出前を、パートのおばちゃんたちはあと半時間ほどで帰るというのに持参のおにぎりなどをこの時間帯に口にする。しかし社員は誰も食べない。社員、といっても営業部隊は帰宅する前にちらっと寄るだけなのでオフィスで食べる必要もない。斎藤さんはあまりお腹が空かないらしく、オフィス内で食事しているところを見たことがない。昼休みにはどこかで食べているらしいのだが、夕方から退社の時間まで、ずっとデスクについていることもざらだ。先輩社員の斎藤さんが食べないのだから、彼女がオフィスにいるときは僕だけ出前を頼むのもはばかられる。

まともな食事は、昼に焼肉定食を食べたきりだった。作業中は気づかなかったが、甘い香りがデスクの周りに漂っていた。パソコンの横に置いていたチョコを手に取ると、部分的に柔らかくなっているのが包装紙ごしにもわかる。放熱ファンの通気孔の前に置いていたせいだ。唾液が口にたまる。食べようかと思い斎藤さんを見るとちょうど目があってしまい、僕はチョコをさりげなくズボンの右ポケットに突っ込み、席を立った。

オフィスを出て右に進むと、階段の脇に男子トイレの入口がある。ドアを押し中に入った。このビルでは一階おきに、男子トイレと女子トイレがある。だからこの男子トイレは主に、電信教育センター、四階の不動産屋、六階の正体不明の法人の男たちが使用している。といっても、うちの会社の営業さんたちはほとんど外に出てしまうし、上下のテナントの男たちはここのトイレをあまり使わない。

だから、とても綺麗だ。

黒曜石柄のPタイルが敷き詰められた床は黒光りしており、壁はグレーのタイル張りで、個室の壁は落ち着きのあるブラックブラウン。小便器が三つあり、その奥に大便用の個室が三部屋ある。手前の一つは和式、奥の二つが洋式だった。小窓に面した奥の個室に入ると、習性でズボンとパンツを一緒にずりさげていた。括約筋《かつやくきん》に力を入れてみる。だが昼に食べた焼肉定食はまだ消化が終わっていないらしく、出てくる様子がない、と思ったら、あった。それにしても消化が早すぎると思ったが、これはひょっとして朝食のぶんなのではないかと思い至った。

無理矢理ふんばってもごく少量しか出てこないだろうと、下腹部内側からの弱い圧迫感で判断できた。たかだか少量のウンコのために尻を拭いたりするのはわずらわしい。ふんばるのをやめると、腸内を下へと前進しつつあったウンコは腹にひっこんだ。ここまでの間、僕は自分のズボンと錠とドアにしか触れていない。両膝の下にさがったままのズボンのポケットの中から板チョコを取りだし、茶色い包装紙と銀紙の一部分を剝がした。露《あらわ》になったチョコに嚙みつき、割る。舌にのっかったそれは甘く、口の中が一瞬縮こまった。ブラックブラウンのドアを見ながら、溶けて小さくなったチョコを舌先で転がす。このチョコは、こんなにも繊細な味だっただろうか。カカオの香りが嗅覚に伝わり、ほどよい甘さが口内の粘膜全体で感じられる。天井に埋め込まれたダウンライトが僕の膝のあたりを中心に個室内をオレンジ色に照らし、仕切り壁の上下にある隙間から蛍光灯の白い光が入りこんでいる。外の階段を上ってくる足音は靴先を滑り止めにだらしなく打ちつける歩き方のもので、うちの営業さんだと見当がついた。

*

駅ビルの地下に入り、右に曲がる。電車を降りてからずっと僕の前方を歩いている高校生がいた。念のため高校生の二歩後ろまで距離を縮めて歩いていると、彼は突き当たりのところまで真っ直ぐ進む。左に見えるテラスへの出口を無視しているということはトイレ利用者確定で、僕は早足で彼を追い抜き、男子トイレへと先に辿り着いた。

個室は二つとも使用中で、ドア手前に立って待つ。少し遅れて足音が聴こえたかと思うと出入口からさっきの高校生が顔を出し、トイレの前に立っている僕の姿を認めると顔をしかめてすぐ出て行ってしまった。

「バディヨアボーイズメカビッノイ、プレインザストゥリート……」

英語の発音が、奥の個室から聴こえてくる。練習男は始めたばかりならあと五分出てこない。もう一方の個室に入っている男が、とんでもなく長便の人だったら困る。数分でも待ってしまうと、待ち時間が無駄にならないようにと意地になり、ずっと立ち続けてしまう。長時間空かないかもしれないというリスクを早めに察知し、見切りをつけて別のトイレに向かうのが賢いやり方なのだろう。だが綺麗で静かなトイレで朝の数分間を過ごすという儀式は、何物にも代えがたい。

手前の個室で、トイレットペーパーのロールをまわす音。一安心するも、ロールをまわす音がなかなかやまない。もうかれこれ二〇秒ほど、それもペースを乱すことなくまわし続けているから、一回一回折り重ねているというよりも、利き手に巻きつける方式なのだろう。三〇秒近く経過したところで、ようやくペーパーを切る音がした。ロールの回転音と時間から察するに、五メートル近く使っているはずだ。ミイラ男のようなトイレットペーパーぐるぐる巻きの手が、薄い壁越しに想像できる。相変わらず、その隣の個室では練習男が英語の練習を続けている。このままいけば、今日こそは彼の顔を見ることができるかもしれない。と思ったところで、流水音と同時に目の前のドアが開いた。

整える前のペッタリと頭にはりついた髪、細かい皺のできている日焼けした黒い肌、チノパンに黒シャツ——常連の似非ホストだった。似非ホストがミイラ男だったとは。すれ違う際、似非ミイラホストの胸元にディオールのネックレスがのぞいた。何メートルもペーパーを使わなきゃお尻の一つも拭けないくせに、格好つけてんじゃねえぞと思った。

ようやく便器に座り肛門を緩めただけで、ウンコはすぐに出てくる。

やがて隣の英語練習が止んだかと思うと、ロール回転音が鳴り流水して外に出るまでがわずか一〇秒だった。今ドアを開けば練習男の顔を拝めるが、尻丸出しの僕は至極無防備で、それも叶《かな》わない。それにしても彼の尻を拭く時間の短さには男っぽい潔さを感じるほどで、似非ミイラホストも見習ってほしい。

雨音に気づいた頃には、窓に叩きつけられる雨粒もかなり大きくなっていた。椅子を一八〇度回転させ、伸びをしがてら外を見る。無数に枝分かれして落ちる雨粒のせいで窓の向こうはにじんでいて、涙ぐんだときのような視界だ。そう遠くないところを環状線が通っており、無数の車が雨の道を走る湿った騒音が、かすかに聴こえる。白っぽい空は暗く、蛍光灯の光を受けた窓に僕の姿が反射して映っていた。自分に見られることにさえ油断していた顔は、腑抜《ふぬ》けているのか怒っているのか、よくわからない表情。

三時を過ぎ、教務用回線にかかってくる電話が増えてきた。会員の子たちが帰宅し、学習相談の電話をかけてくるのがこの時間帯からになる。今日来ているアルバイトは新入りの澤野くんと古参の太田くん、それに丸山ちゃんの三人だった。

大学一年生で一番年下の澤野くんが多く電話応対を任せられていて、傷つき易い性格の彼はその度にため息をついている。メガネを外し目頭を揉みながら丸山ちゃんと喋っている太田くんは、伸び気味の癖毛の襟足あたりをしきりに手でもてあそんでいた。首筋にかかった髪が気になるらしいが、それでも伸ばしているのはアーチェリーの練習時、首を紫外線から守るためだという。どこか緩い印象を受ける私大生だが、盛り上がった右肩の筋肉がTシャツ越しにもわかる。丸山ちゃんは太田くんと話しながら、鏡にむかって化粧をしていた。あとはここで働くだけだから、午後三時過ぎから化粧して見栄えを良くしても、意味ないだろうに。

「お電話ありがとうございます、電信教育センター、教務の丸山です」

かかってきた電話を丸山ちゃんがワンコールで取ると、太田くんが彼女に口パクで何か言っていた。エレベーター、だろう。丸山ちゃんは新宿の小田急百貨店でエレベーターガールのアルバイトもしているから、その時の口調で電話応対してくれと頼んでいるのか。

「……先日お伝えしておりましたページ、実際にやってみて、いかがだったでしょうか？」

丸山ちゃんによる独特のイントネーションの作り声が、僕のところまではっきり聴こえてくる。相手が小学生だから、ちょっとしたおふざけも平気でできる。かすれ声の千佳ちゃんとは対照的な、芯《しん》のある声質だ。すると澤野くんが受話器を置き、立って腰を回し始めた。彼は今日、一つ電話を終えるたびストレッチ運動をしていた。それを見ていた僕も自分の身体の凝りに気づき、立ち上がって上半身を右に左にとひねった。ひねりながら、彼らのいる楕円形デスクに近づいた。

「関西遠征はどうだったの？」

太田くんに尋ねると、彼は項垂《うなだ》れながら指の節で頭をかく。

「僕は調子あんまりよくなかったです。同志社のやつらに負けて、結局二位でした。というか、同じチームの後輩にスコア抜かれたのがショックですよ」

そう言う彼の口調は全然ショックそうではない。声帯が腫れたような厚ぼったい声で、試合後の宴席でだいぶ騒いだのだろう。すると今さっきまでデスクにかじりついていた事務の斎藤さんが秋物のベージュのコートを羽織り、ヒールの音を鳴らしてどこかへ出かけた。その際、ストレッチをしている僕と目があったが、どうせ彼女がしばらく外出してしまうのなら関係なかった。

「よーし、みんなで遊ぼうぜ」

唯一残された社員の僕がふざけて言うと、澤野くんがリュックサックの中から突然バナナを取り出し、食べ始める。太田くんは自分のケータイから誰かに電話しはじめた。僕以外の人たちはアポインターのおばちゃんたちの堂々とした声が届き、反対側の壁からは随分と長い時間電話していることに気づく。顔の見えない外部の人たちと話し続けるなんてことは、経理の仕事に慣れてしまった今の僕には困難を伴うかもしれない。

教務専用電話が鳴った。丸山ちゃんは現在電話応対中。澤野くんは慌ててバナナを口に全部突っ込み食べ切ろうとしていて、太田くんはケータイでの通話を切ろうかどうか迷っている。一本くらい手伝ってやるかと思い、僕は受話器を手にした。

「お電話ありがとうございます。電信教育センター、教務の岡本です」

必要以上に喋らない。電話に出てから一気に昨日の感覚が甦り、保身的な行動をとっている。

「あの……柳瀬です。五Ｋクラスの」

昨日と、まったく同じ喋り方。受話器を耳に当てている僕の目は丸山ちゃんや太田くんたちに向けられているが、そのどれにも焦点はあっていない。いや、むしろ逆で、すべての対象物が鮮明に映り込み、頭の中がパンク寸前になっている。一日に何本もかかってくる電話のうち、二日連続で柳瀬浩一くんにあたってしまうという偶然。

「ええっと、五Ｋクラスの柳瀬くんですね。昨日の人に、お話はうかがってますよ。で、おか……どこまで進みました？」

たしか母親に電話をよこしてもらうように言ったはずだ。二時半から四時の間に、と指定したのは間違いなく昨日の自分だ。うやむやにしてやったのに、律儀に彼はかけてきた。

「母には伝えたんですけど、さっき出かけちゃいました」

「そうですか……。ええっと、柳瀬くん、たしかまだ、理科は終えてないんだよね？」

「昨日、理科も終わりました」

教材を買い渋っている母親のことを昨日は伝えておきながら、そこのところは正直に答えてしまう。純粋なのか馬鹿なのか。大学生たちに聴かれないよう声をひそめた。

「そう、それはすごいね。でも念には念を入れて復習した方がいいから、復習した後、改めて新しい教材の話をしようか？　その時は、お電話ください」

「わかりました。芝山……さん？　また電話、します」

鼻詰まりのこもった声でそう言われ、僕のほうから受話器を置いた。芝山。それは昨日、僕が柳瀬くんに対して電話の切りぎわに名乗った名前だった。


コンビニのレジ前はわずかながらも混んでいて、おにぎりとカレーパン、缶コーヒーを持ったまま、前に並ぶ女たちの会話に耳を傾けていた。職場の同僚らしい四人の若い女たちは綺麗めなモノトーンの服で統一感をだしているものの、よく見ると一人一人バラバラな服装だ。オヤマダがさー、え、またオヤマダに？　サトナカさんが注意したばっかじゃない、というかそもそもオヤマダとイワサキが――。近くに話題の本人たちがいるとは微塵《みじん》も考えないのか、彼女たちの声はどんどん大きくなってゆく。タメ口で話せる同僚がいると、こんなにも無警戒に羽目を外せるのか。すぐ目の前にいるパンツスーツ姿の女の尻を見ていると、性器の付け根に一瞬力が宿った。発散したい気分だ。でも店の時計を見ると午後六時三四分で、まだ僕の仕事は続く。

駅方面へ向かう彼女たちを尻目に、僕は会社へ向かった。ゆっくりと階段を五階まで上ると、そのまま静かに男子トイレへ。

黒いPタイルの床、ブラックブラウンの内装は相変わらず清潔に保たれている。洗面台の足下に安物の芳香剤が置かれており、むしろその匂いが余計だ。僕は三つあるうち奥の洋式便器に腰掛け、閉められていた小窓を押し開けた。その際風圧をわずかに感じ、開いたと同時に外の空気が個室に流れる。ケータイを開くとレンタルビデオ店や証券会社からの自動配信メールが数件届いており、その中の一通に美彩子からのメールがあった。その他のメールを適当に読んで、最後に美彩子からのメールを開く。

〈この後飲み会だよ〜。丈《たけ》ちゃんは仕事がんばって☆〉

さっきコンビニで目にした女たちの尻のラインが甦る。デキる女ふうを服装で気取っているだけで、彼女たちに較べたらスウェットを着ているだけの美彩子のほうがよっぽど美人だ。それでも、デキる女ふうの格好をしている人に欲情してしまったのも事実で、それはある種の服装への偏愛なのだろうか。

〈カレー、まだ残ってるよね？　今日こそは食いに行くよ〉

一昨日メールのやりとりをしていて〈カレー作っておいてよ〉と僕が打ったら美彩子は夕飯にシーフードカレーを作ってくれたらしかった。けれど遅くまで地図作りを手伝わされたり、資料を取りに家へ帰ったりで、一昨日も昨日も彼女のマンションに行けなかった。

袋の中からまずおにぎりを取り出し、静かに包装フィルムを剝がし食べ始めた。パサパサしたのりが歯の裏にくっつき、少量のおかかの入った冷たいご飯を口の中で嚙む。外から戻ってきた斎藤さんはおそらくまだオフィスにいるはずで、彼女の前で自分だけ何か食べたりするわけにはいかないし近くの店なんかで食事すれば他の社員に見つかるかもしれない。このトイレで軽食をとるのがベストだった。ここはいたって清潔で、誰の目も気にすることなく過ごせる。続いて袋の中からカレーパンを取り出し、静かに食べる。

そのとき、誰かが入ってきた。さっきまでオフィスにいた男は太田くん、澤野くんの二人だけ。だがPタイルを踏む固い足音は革靴のそれで、アルバイトの大学生たちではないとわかる。戻ってきた営業さんだろうか。それとも四階の不動産屋か、六階の謎の法人か。足音はこちらに近づき、やがて隣の個室に入った。

僕はパンを咀嚼《そしゃく》するのをやめる。ベルトを外す音と衣擦れの音がしたあとに、大きなため息。その息の中にかすかに粘っこい声が交じっていて、聞き覚えがあった。所長、だろうか。途端に全身の動きが止まり、萎縮《いしゅく》した。おにぎりはともかく、カレーパンの匂いが隣まで漂っていないだろうか。口の中にはぐちゃぐちゃになったカレーパンがまだ残っているが、迂闊《うかつ》に噛めない。相手の息さえ聴こえるほどの近さでは、それを飲み込むこともできない。唾液だけが口の中でどんどん分泌されてゆく。

そしてふと、なにも全身で気配を消すことはないのだと気づいた。個室の中で食事をしているのはまずいが、普通に用を足しているぶんには問題ない。ただズボンを下ろすのも面倒なので、立って大便器の底につばを吐いた。豆粒大のウンコの落下音にうまく似せられた。

隣人が流水してトイレから出て行ったのはそれから五分後くらいだった。個室を出るとそのままトイレからも出たようで、どうやら手を洗わなかったらしい。ようやく落ち着いた僕はほとんど溶けてしまった咀嚼物を飲み込み、かじりかけのカレーパンを食べると缶コーヒーのプルタブを開けた。沈黙で神経をすり減らしたせいもあり、コーヒーの深い酸味が口から胃まで続く粘膜の表面に優しく染みこむ。ウンコも出ないのに個室に閉じこもるのも、隠れ家で悪さしているような感じでなかなか愉快だった。ただ、所長が来たらすぐに判別できるようにはしておきたい。トイレへの所長の来訪を知るのに、聴覚だけをあてにするのは頼りなかった。

東京メトロと都営線を乗り継いで半時間。下車した僕は夜の商店街を歩いていた。飲み屋の前では酔っ払った大学生の集団が校歌らしきものをがなりたてており、上半身裸になった数人の男たちが他の男女たちから背中や胸をビンタされまくっている。胸に赤い痣《あざ》をつくった細身の青年が僕のところまで逃げてきてぶつかりそうになり、手で拝むように謝ってきた。男たちがどっと沸き、まるで近くにいる僕まで笑われているようで、不快に思いながら脇をすり抜けた。

商店街から離れ二〜三分歩くと、美彩子の住む七階建てのマンションに着いた。九台ぶんある駐車場にはシルバーの軽自動車が一台停まっているだけで、そこを横切った先にあるエレベーターホールから五階まで上ると、東角部屋のインターホンを鳴らした。

「わ、変な人が来た」

　出迎えてくれた美彩子は灰色のハーフパンツに青い半袖シャツを着ていた。ドアを閉めると同時に抱きついてきて、白目は赤く濁っている。かなり飲んだのだろう。もしかして、がっついた大学生の男にしこたま飲まされてキスくらいはされたんじゃないのか？　軽く想像してみただけで激しく嫉妬し、狭い玄関で乳房を鷲《わし》づかみにしながらキスしまくった。酔っ払っていても美彩子は最初に嫌がるそぶりだけは忘れず、女の几帳面さというか面倒臭さを僅かに感じた。

　冷蔵庫から取り出した鍋の蓋を取ると、冷えてできた膜のまわりに黄色い油が浮いていた。コンロにかけ、焦げないよう鍋をお玉でかきまわす。パイプベッドに掛け布団の上から横たわっている美彩子はオーディオコンポの電源を入れ、何が面白いのか鍋をかきまわす僕の姿を眺めてニヤついている。女性シンガーのか細い声が聴こえてきて、エフェクトのかけられすぎた声はノイズ交じりの吐息にしか聴こえない。

　温めたカレーをローテーブルまで運び、美彩子の見ている前で食べた。イカが多く入っていて、うまい。おかわりまでした。

「おお、食べるね丈ちゃん。こんな時間に食べて、太っちゃうよ」

　ヘアバンドを頭に当てた美彩子が、鏡に向かいメイクを落としながら言う。壁掛け時計を見るともう一一時一三分で、たしかに太りそうだ。でもこの後は、色々と身体を動かすから平気だろう。壁時計を見がてら、カーテンレールにかけられているハンガーのグレーのスーツが気になった。僕の目線に美彩子は気づいたらしく、

「昼間、就活用の写真を撮ってもらいにスタジオ行って来たんだ」

　もうそんな時期。就活といっても大学三年時の秋口という早い時期から始まるのはテレビ局、それもキー局ばかりだろう。それなりの大学に在籍中でそれなりに華やかな容姿をもつ女子学生たちの御多分に漏れず、美彩子もアナウンサー試験を受けるということか。聞くと、アナウンサー試験合格者を多数輩出している有名な写真スタジオで八〇〇〇円かけ撮影してきたという。

「ビシッと決めて、テレビ局入っちゃえよ。もしくは、有名な大企業に入って親を安心させるのも理想だね」

「かったいねー……。あ、浮気しないかどうか見張るために、丈ちゃんと同じ会社で働こうかな」

「やめとけ」

冗談を軽くあしらいながら美彩子の尻を揉み、皿を片づけてから二人してバスルームへ向かった。さきほどメイク落としをしていたとはいえ間近で見るとスタジオ撮影の名残が少し残っていて、自分自身をギンギンにいきり勃《た》たせたまま人形のような頬に吸いつくと拭き残したファンデーションの粉っぽさで舌が乾き、下腹部の割れ目を舐《な》めることでまた潤した。途中、美彩子があえぎながら脚を開いたのでその下に潜り込むと「＊」みたいな外観の尻穴まで見え、エロさを通り越し笑った。

＊

八時五分に下車し駅ビルトイレに向かう。来た時間が遅かったからか、個室の前では先客が三人順番待ちをしていた。そもそもあまり便意を感じていないことに気づいた。わざわざ順番待ちするほどではない。

階段を上りながら、地下にある吹き抜けの屋外テラスから漂ってくるコーヒーの匂いをかいだ。会社のトイレを思い出す。あそこでは一回もウンコをしたことがなく、今日は駅ビルトイレでもしなかった。最後にしたのは、昨夜泊まった美彩子のマンションで、彼女と二回かました後だ。すっぽんぽんでトイレに入り排《はい》泄《せつ》し、なにも身につけずベッドに戻るという行為に、ひどく違和感を覚えた。それ以来、まだ来ない便意。

一年半前までの大学時代、必修科目の授業やバイトのない日はほとんど昼過ぎに起きるような生活をしていた。朝ごはんを食べてから出かけるという習慣も四年間ですっかり忘れていたが、社会人生活が始まってから、母親の作ったごはんをちゃんと食べるようになった。それはもちろん出社してしまうと昼までなにも食べられないからであるが、それに附随して朝の便通が良くなった。起きてすぐに何かを胃に入れることで内臓が目覚め、駅まで歩き通勤電車の中で踏ん張り続けるという適度な運動が腸の蠕動運動を活発化させるのだろう。家を出てここに着くまで約一時間、いつもならちょうど良いタイミングで便意がやってくる。

今朝は、上半身裸のまま残りのカレーを少し食べただけだ。美彩子はカレーがまだ残っているのにもかかわらず、眠そうな顔で食パンとコーヒーを口にしていた。彼女の家を出てからまだ三〇分ほどしか経っておらず、眠くはないが、内臓はまだ目覚めていない感じだ。

ウンコをしなかったぶん早く会社に着いたような気もしたが、いつも個室に五分もこもっていないため、たいして変わりなかった。

今日も河本さんたち営業部隊がアポの取れた家庭を訪問するが、そこで契約してしまうような主婦は、ウチの会社がやらなくても他の悪徳会社にやられてしまうだけの話。柳瀬浩一くんに新しい教材を売るのを躊躇《ためら》い先延ばしにしたところで、必ず他の誰かが気づき、最終的には数十万円分をきっちり売りつけるのだ。川面でカヌーをいくら華麗に操舵したところで、結局は河口に向かう流れを変えることはできない、といったところか。案外、足掻《あが》くのにも疲れいったん溺死した人が、所長のように穏やかな悪人になるのかもしれない。かつては月に二〇件以上も契約を取ってきていたなんて、どこか壊れている。僕はさっきコンビニで買っておいた安い香水を鞄の中から取り出し、まだ出社していない所長のデスクまで寄るとハンガーにかけられているカーディガンに手早くかけた。

毎度のように一人で昼食に出かけた。よく晴れた日で、太陽光を反射した歩道が白く光っている。美彩子のマンションに預けてあった替えのワイシャツに着替えてきたが、アンダーシャツは着ていない。ポリエステル混の生地に汗が付着し、それが背中を直に撫でるから気持ち悪い。

焼肉屋やタイ料理屋の前を通ったが、朝にカレーを食べたばかりだ。脂っこいものを避け、うどん屋に落ち着いた。二〜三ヵ月前に店内を改装して以来訪れていなくて、天然木を用いたコの字型カウンターは綺麗になっていた。客の入りは半分ほどで、僕は入口に近い席に座る。

天ぷらうどんを注文し、コップに水を汲みがてら、一つ席を挟んで左側に座っている三〇代くらいのビジネスマンを見やる。男は出てきたかけうどんにまだ手をつけず、さじで天かすを大量にいれたあとゴマ擂《す》り器で白ゴマをずっと擂り続けている。金のない学生のようなトッピングだ。僕は昼くらい、優雅に過ごしたい。金に糸目をつけた食事では、このあとの長い勤務時間がもたない。

職人さんがカウンター奥で天ぷらを揚げているのが見え、連動して腸も活発になり、少し便意を覚えた。そんなとき、右隣の席にスーツ姿の男が座った。横並びで三つ空いているというのに、なにを好んで僕の隣に座ったのだろう。やがて来るであろうグループ客たちに譲るためかとも思ったが、明らかに僕へチラチラと視線を向けてくる。こちらも横目で盗み見る。エラが張っていて、髪の生え際は後退。初老の職人に注文を訊かれ「釜玉うどん」と答えるその声はしゃがれ気味だがよく通る。そして見るからに陰気で、体臭もした。これまでの人生で何人か出会った、野菜嫌いの男たちに共通する獣臭が漂ってくる。水を汲んだかと思うと、やがて首だけ僕のほうに向けてきた。

「すすみません、で、電信教育センターの、渡辺さん？　ですよね」

「はい」

進みません？　不意をつかれ警戒した。だからこそ無意識的にも毅然とした受け答えをしていた。会員の子の親か？　それとも司法関係の人間か？　僕は内勤なのだから、普通に考えれば顔も名前も外に知られているはずがなかった。正体のわからない男を牽制《けんせい》する意味もあり、まばたきもせず見返す。だが男は相好を崩し、喉がかわいているのかコップの水を一息で飲み、またおかわりした。狭いうどん屋で、自分のペースに引きずり込むつもりか。でも実際そんなこともないようで、自分で話しかけておいてただ単に緊張しているだけのようだった。

「突然すみません、わ、私、以前電信で働いていた山城と申します」

その一言を聞き、情けないほど安心してしまった。少なくとも以前までは身内だった人間だ。だが山城という名前やその顔も体臭も、まったく記憶にない。

「といっても、私のこと覚えてるわけないですよね、あ、あんなに出入りの激しい会社だもん」

僕が曖昧な笑顔で誤魔化していると、山城は引き笑いをした。顎をいつまでも下げたままの笑い方はもとからそうなのか、絡んできているのか、癪《しやく》に障る。そしてどうして僕の名前を覚えているのか。生え際が後退しているわりには肌の張りはよい。ただ体臭は獣そのもので、自分の発する言葉に独りで満足しているような喋り方には出会って五分も経たないというのに苛《いら》つく。

「まあ、しがない営業でしたし。平均勤続期間が半年、の。それでも私は、丸一年続いたんですよ。ちょうど去年の四月に辞めたんで、渡辺さんとは二週間ほどしか同じ職場にいませんでしたが」

「はあ、一年もですか」

入社してから一ヵ月ほどは、異様な雰囲気の朝礼にビクついて営業さんたちの顔など覚える余裕がなかった。段々と明らかになってゆく会社の全貌から目を逸らすように、ただただ数字だけに没頭していった。

「わ、渡辺さんのことは、はっきりと覚えてますよ。大卒の新入社員が経理として突然入ってきたので、お、驚きましたよ。ほら、あの会社は高卒で土建やってた奴とかホ、ホホスト崩れとか、宙ぶらりんだった人たちが入っては出てゆくところだから。あんな会社に新卒で入るなんて、やっぱ優遇されてんのかな、っって思ったりして」

　僕は曖昧に笑う。初任給の手取りは二三万で、大手企業に入った大学時代の友人たちよりちょっと高いくらいだが、その後の昇給は怪しいものだ。先例がないからその点はまったくわからない。そこでちょうどカウンターの上に天ぷらうどんが置かれた。熱い丼を引き寄せ、食べ始める。それでも彼の自己完結的な喋りは止まなかった。

「あの会社で唯一、け、経理は誰も傷つけないからいいですよね。営業、テレアポ、きょ、教務の順で、お人よしな市民を騙《だま》しているわけですから。私も一時期は契約五件とってた月もあり……しっかし、駄目ですね、あんなヤクザな儲け方は。さすがに人間ですから、りょ良心が痛んで辞めちゃいましたよ」

「山城さんは電信を辞めて、今なにをされているんですか？　こんな、電信の近くでお会いしているわけですけど」

　箸を休めて僕が訊いたとき、ちょうど釜玉うどんが置かれた。もくもくと上がる湯気が山城の額に当たっていて、肌の張りがさらによくなりそうだ。うどんに七味をかけながら、山城は再び喋りだした。

「今は、この近くにある零細出版社で営業をやっているんですよ。ここらは本屋も多いし、ルート営業でよく歩きまわっています。零細なんで、給料は大したことないんですが……ほんと、精神的には大分楽ですよ。ちゃんと、営業のための交通費も支給してくれますし。飛び込みで営業して、契約をとりつけるまで何時間も粘る必要もないですし。人間、やっぱり心を大事にしなきゃ駄目ですね」

「交通費、出るんですか」

「電信と違ってちゃんと出ますよ。あそこは会員にとっても社員にとってもひどい会社ですよ。一日のうちに東京中を移動させられるのに交通費は自腹だから、働けば働くほど赤字になる奴《やつ》もいましたしね。電信に営業職でしか入れないような人間はもう後がないし、ほ、ほほ報復が怖いから労基なんかに相談もできない。最悪ですよ。二一世紀の東京で繰り広げられている労働の実態とは思えない」

　多少は優遇されているのかもしれないと僕自身も思っているが、自宅から会社までの定期券代は支給されない。ちゃんとした給料を出してくれるものの少額の金を必要以上にケチる。そういうところが、ヤクザな会社の本質として表れている。

「でも、稼ぐ奴は稼ぎますよね。あいつはどうしてますか？　あの、体格のいい、メーカーから来た」

「河本さんですか？」

「それそれ。その河本さん、まだ続けてるんですか？」

「はい、あの人は相変わらず売上ナンバーツーを維持してますよ。稼ぎ頭です」

「そうか……相変わらず、ですな、彼も」

呟《つぶや》いた山城の陰気な声は僕に向けられてはおらず、自身の記憶を反芻《はんすう》するなかで湧き出てきたのだろう。素の声を聞いたように思う。後退した頭髪もやはり歳相応のもので、実年齢は四〇前後だろうか。つゆの表面に天ぷらの油が無数に浮き、それに自分の顔が小さく映る。

「それじゃ、お先に失礼します。山城さん、お仕事頑張ってください」

「いえいえ、渡辺さんのほうこそ。そうそう、もしお仕事がききつくなったら、いつでもご連絡ください」

僕は山城から名刺を渡されると、会計を済ませて店を後にした。

〈凡玄社　営業部第一課　山城一樹〉

そこには会社の電話番号やメールアドレスだけでなく、〇九〇で始まるケータイの番号まで記してあった。もっとも、こちらから連絡を取る気などないが。大通りに出て、スターバックスに入った。昔からよく利用しているチェーン店に入ると、どこの店舗にいても本来の自分に戻ったような落ち着きを覚える。高校から大学に入って、変な会社に入っても、自分の本質的な部分はいつまでも変わらない。カフェラテに追加のミルクとダイエットシュガーを入れれば、ここにも習慣というものがたちあがる。

教務の大学生たちによる電話応対が忙しくなっている午後五時過ぎ、斎藤さんがブリーフケースを持ちどこかへ出かけていった。その姿を見届けた後すぐ近くの弁当屋へ電話をかけ、そこでアルバイトしている大学時代の後輩にかわってもらう。弁当を注文し、場所を指定した。そして数分時間を置いてから僕はトイレへ向かった。右手にはビニールの袋を提げている。奇数階に存在する男子用トイレまで、オフィスを出てから歩いて五秒。

提げていた袋の中から芳香剤を取り出した。自腹で買ってきたこの商品は芳香剤にしては高級品で、キャップを開け、小便器が並ぶ壁のでっぱりの上に置いてみる。古い安物の芳香剤をゴミ箱に捨ててから奥の個室に入った。やがて仄《ほの》かな甘い香りが漂ってきた。僕はさらにズボンを穿《は》いたまま便座に腰掛け、暇潰しとしてケータイで美彩子に送るメールの文面を打ちこんでいると、トイレのドアが開いた。

「ナベさん?」

「ここだよ」

「マジすか! ふははは」

後藤の大袈裟《おおげさ》な笑い声がトイレ内に響き少し焦ったものの、僕は個室のドアを開けた。目の前には弁当屋のエプロンを身にまとった後藤が立っていた。

「卒業式以来、まさかこんな所で会うとは思わなかったっすよ。すっかり社会人やってらっしゃいますねナベさんも。ってか、こんな所で飯食うなんてハブられてんすか?」

いくぶんか抑えめの声で喋ってはいるが後藤の無駄に高いテンションだけは下がらぬままだ。大学四年生の後藤は軽音サークル時代の後輩で、大学二年時から始めた弁当屋のアルバイトをまだ続けていた。その店舗がこの会社の近くにあることはずっと頭にあったが、こうして注文するのは今日が初めてだった。

「うちはヤバい会社だから、こうやってふざけたりしないとやってられないんだよ。後藤もあと半年経って勤め始めればわかるよ」

「なんすかその説得力ゼロな先輩風！」

後藤から弁当を受け取り代金を払おうとしたところで、階段を上ってくる足音がトイレの外から聞こえてきた。こっちに来るのか？　慌てて隣の個室に後藤を押しこんだ。直後トイレのドアが開き、足音の主は三つあるうち入口側の個室に入った。和式便器だから長居はしないだろうが、どうなるかわからない。いつまでも後藤を拘束するわけにもいかず、僕は流水ボタンを押し音が鳴っている間に隣のドアをノックし、出てきた後藤に代金を払うと彼は無言で会釈し去っていった。

再び奥の個室に戻り、フックに掛けていた袋を手にしたがビニールのガサガサした音がうるさく、また流水音で誤魔化している間に袋から弁当を取りだした。色鮮やかなオムライス弁当は冷め気味のためか匂いは控えめで、和式便器にまたがっている男にはわからないだろう。僕はプラスチックのスプーンを用い食べ始めた。トイレ内での食事は慣れたもので、咀嚼音を立てないようにしつつ、忘れがちだが用を足す際にあるべき物音を時折たてたほうが自然だ。無駄にペーパーを回してみたり、足の位置を変えたり、咳《せき》をしたり、衣ずれの音をさせたり。

綺麗なトイレを、自分で選んだ芳香剤の香りで満たし、ちゃんとした食事まで摂るということ。もはや常識を覆している！　シン！　とぅるん！　学生時代に仲間内で流行《はや》った言葉を連続して小声で呟くと、自分で言っておいてその響きが懐かしく、声を押し殺して笑う。そしてそれも止むと、内輪空間を共有してきた彼ら彼女らは今どうしているのだろうと気になった。みんなとは、社会人になっても半年間ほどはなんとか連絡を取り合ったりしていた。だが社会人になり一年半が経ち、それも激減していた。もうみんな仕事を覚え始め、それぞれの組織に馴染み始めているのだろう。

　午後五時過ぎの食事は空腹を満たすにはベストなタイミングだった。その一口一口が愛《いと》おしく、この時間が終わってしまうのが惜しい。オムライスの最後の一《ひと》匙《さじ》が口に放り込まれた直後、便意がやってきた。ズボンを穿いたままなのでいったん立ち上がり、パンツと一緒にずり下げてから再び着座する。便座がかなり温かい。汎用プラスチックから伝わる自分の体温の高さに、下半身素っ裸の僕は感心した。これだけ体温の高い身体があれば、何かあったときでも、どうにかなるだろう。

　こんな時間に、こんな場所でウンコをするなんて初めてのことで、違和感がある。寝惚《ねぼ》け眼《まなこ》のまま小便をしようとして、「ひょっとしてまだ夢の中なのではないだろうか」とペニスをつまみながらつっ立っている状態に似ている。思い返せば、今朝は駅ビルのトイレでの儀式を行っていなかった。起きたのが遅かったからだろうか。

急に押し寄せてきた便意は強かったが、腸内での滑りが悪い。下腹に力を込めると首にまで力が入り、血管が締めつけられ頭に血が上る。やがて、出た。尻を拭くと屈んでウンコを観察した。これは、朝出るはずだったウンコなのか。しゃがんだ姿勢のまま水面下のウンコをのぞきこむが、ワカメなどのわかりやすい残骸が見つからず何も特定できない。特に残念でもないのだが、顔をしかめ首を振った。ふと、ゲーム『バイオハザード』の序盤にこんなCGシーンがあったような気がした。もっとも、登場人物は今の僕のようにフルチンではなかったが。

流水ボタンを押しても水圧が弱く、なかなか流れない。タンクに水が再補充されるのを待ち、またボタンを押すと、茶色い塊はようやく流れていった。この個室でウンコをしたことなどなかったから、水圧のことなんて頭になかった。

小姑のような目を見せてくる斎藤さんが戻ってくるまで、もう少し時間はあるだろう。ケータイを開いて美彩子宛てメールの続きを打って送ったり、無料ゲームサイトからダウンロードしたオセロをプレイする。自分のデスクで目線を気にしながらこんなことはできないし、なにより、こんな狭い空間で遊んでしまうということそれ自体が愉快なのだった。すると左の方から漂ってくる、芳香剤のとは異なる人工的な甘ったるい匂いに今さら気づいた。

所長、か？

今朝カーディガンにかけておいた香水の匂いに緊張しつつも、笑いそうになった。高校生がつけていそうなドぎつく安っぽい香水の匂いに、鼻炎もちの所長本人はやはり気づいていない。それにしても随分な長便。僕はすぐさま身支度を整えた。いくら細心の注意を払っているとはいえ、トイレから出てくる姿を所長に見られるのは避けた方がいい。

営業さんたちが明日それぞれ訪問する家へのルートを、コピーした詳細地図に書き込んでゆく。午後一〇時五分、この時間まで残っているのは事務の斎藤さん、僕とアルバイトの太田くん、丸山ちゃんの四人だけだ。九時ごろまでいたはずの千佳ちゃんは、いつのまにかいなくなっていた。丸山ちゃんはアーチェリーの道具を買い換えるためのバイトで変な客に絡まれたことを、太田くんはアーチェリーの道具を買い換える金がなかなか貯まらないことなどをお互い話しながら、ラインマーカーで駅から家までの最短距離をなぞっている。

　地図を作り終えたのは一〇時四〇分で、アルバイトの二人を先に帰し、僕は斎藤さんと一緒に締めの作業をしてからビルを出た。彼女と一緒に駅へ向かうのも気疲れするので、コンビニに寄って行くと嘘をつき別れる。遠回りしながら地下鉄の駅に向かう途中、渡りかけた横断歩道の信号が赤になった。大通りの交通量はまだ多いものの、そこから一本入ったこの通りはそうでもない。信号無視して渡ろうかと思ったとき、黄色いフェラーリが狭い道を滑るようにやってきて、カーブを曲がるため減速した。目立つフェラーリは間違いなく所長のもので、助手席には千佳ちゃんが乗っていた。二人とも僕に気づいてはおらず、車内で煙草《たばこ》を吸っている千佳ちゃんはすっかりくつろいでいる様子。二人を乗せたフェラーリはすぐに去っていった。

　バイトとはいえ千佳ちゃんがたいして仕事をせずとも平気だった理由や小娘をたぶらかす四〇男の脆《もろ》さが、夜の空気を湿ったものにさせる。同時に、僕も美彩子と俗に濡れたくなった。二日連続だが、彼女のマンションへ行くことにした。

　風呂から上がりベッドに入っても、なかなか欲情しないでいる。カレーを食べすぎたからだろう。僕がマンションに上がりこんで冷蔵庫をチェックするとまだカレーがタッパーに残っていて、聞くと美彩子は外で食事を済ませてきたらしい。一人前の量を皿に盛ったが中途半端にカレーが余っていて、結局約二人前の量を食べてしまった。自分で作ったカレーを、美彩子は四日間で二皿分しか食べていないことになる。

ベッドに寝転がりながらメールを打っていた美彩子は、僕がなにもしてこないからか、再びテレビの電源を入れた。小さな液晶テレビに、フロアライトの電球が反射して映っている。報道番組ではコメンテーターという立場の人たちが各々、日銀の金融政策に対し眉を寄せながら意見を述べている。一時間以上の枠をもっているこの帯番組も、ただ純粋にニュースだけ報道したら一〇分強で放映しきれてしまうだろう。事実に対し、視聴者たちの代弁ですらない空虚なコメントをつべこべ述べている。

『続いてです。悪質な訪問販売にはご注意ください』

女性アナウンサーのアップになり、またすぐ画面はＶＴＲに切り替わった。

『お子様の学力を無料で診断させていただくテストを実施中なのですが、皆さん受けられているので、お宅もいかがでしょう？』

暗闇の中でスポットライトを当てられたテープレコーダーから、ノイズ交じりの声が再生された。

『虚偽の説明により高額な教材を買うよう勧誘したとして、消費者庁は今日午前、東京都に本社を構える教材販売会社「育秀社」に対し、特定商取引法に基づく四ヵ月間の業務停止処分を行った』

映像の中では、雑居ビルから段ボールを持って出てくるスーツ姿の男たちがきびきびと行動している。正午少し前に撮られたらしく、白いビルの表面は輝いて見える。

『主に小学生の親を対象にし、育秀社は訪問販売を行い、一件あたり平均額一四二万円の教材を言葉巧みに売り上げていた』

男性ナレーターの厳かな声が、その後、被害者だという女性の声が液晶テレビのスピーカーから流れてくる。

「なんで騙されちゃうのかね、今時」

美彩子が呆《あき》れたように呟き、少し遅れて僕は「うん」と反応した。美彩子は、僕の仕事のことをまったく知らない。彼女にも両親にも、勤務先は教育機関専門の広告代理店だと偽っている。今日業務停止処分を受けたという育秀社は、たしか五年前に電信教育センターから枝分かれした会社である。ナレーションがまた入ったかと思うと、今度は元社員だという男性が顔と声をプライバシー保護のため加工された状態で喋りだした。

『警戒の甘い主婦だとわかると、いくら断られても説得し続けます。二〜三時間も粘っていると主婦の判断力も鈍って、意外と契約取れるものなんですよ。「塾に行ってます」と言われれば、「塾にウン年間通った場合は総額ウン万円かかるし、通うためにウン時間も無駄に過ごしてしまうなら在宅で勉強させたほうがいい」と切り返すんですよ。そういうマニュアルがちゃんとあるんです。「お金がない」と言われたら、「八〇回払いにすれば大丈夫ですよ。保険よりよほど安いじゃないですか」と笑顔で……はい、いかにも当たり前のことのように答えてましたね。解約しようとしてくる客には中途解約手数料として一五〇万円以上請求して、それで四割くらいが踏みとどまりましたね。さすがに良心が……ええ、痛んできまして、私自身は二年半で辞めましたね。退職金なんか出ない上に、退社手数料なんてのも取られ、職安や労基に相談しようにも後が怖く、もうそれ以上会社と関わりたくなかったので何も文句は言いませんでした』

会社にさんざん扱《こ》き使われて辞めたような口調で言っているが、二年半も営業を続けられた時点で、かなり神経のイカれてる男だと思う。育秀社時代は散々人を騙し稼いでおいて、退社してからは寝返り真実を告げることで小銭を稼ぐ腐った金の亡者。僕は首だけ起こしたままベッドの中で足裏の皮をめくった。美彩子にバレないようそれをティッシュにくるみ、テレビ台の脇にあるゴミ箱へと投げ入れる。

「こいつだって、散々人を騙して儲けまくったんだろ、どうせ。今さら被害者面《づら》してんじゃねえよ、って感じだ。荒稼ぎできるのは羨ましいけど。俺もやってみようかな」

　声に出して元同業者を否定してみると、自分がクリーンな圏内に近寄れた気がした。美彩子の目はテレビに向いているも一瞬だけどこに焦点が合っているのかわからなくなり、やがて肩を寄せてきた。

「でもやっぱり私は、騙される主婦も悪いと思うな。鈍感で、騙されたと気づいたとしても意地張って夫には黙ってるだなんて。丈ちゃんも、やってみたら？　見た目爽《さわ》やかだから、結構うまく稼げるかもしれないよ」

　目尻の下がった笑顔で美彩子は無邪気に提案してくる。そう言われると安心できるどころか、息が浅くなった。

「そう？　美彩子に勧められたら、本当にやっちゃうかもよ」

「やっちゃえやっちゃえ！　ああそういえば今週土曜の午前、初めての面接だよ。緊張する」

キー局の選考だという。美彩子をフォローするよりも、自分が三年前に経験した就職活動中の息苦しさを思い出すが、その嫌な感じは現在会社勤めで実感する苦しさとはまた違った。なんとなくの判断基準で受けたい企業をセレクトし、どの企業でもほぼ一様なフォーマットで整えられた採用選考を受け、ゲーム感覚のまま自分の行く末が決まる。突き詰めてみると当時の自分は就活に対し不真面目だったというより、そんな簡易なシステムで自分たちの人生がふるいにかけられてしまう現実を認めたくなく、何の実も結ぶことのないふざけた態度を貫き通したのだ。

美彩子がリモコンを操作し、テレビは音楽番組に切り替わった。三組のアーティストが司会者を交えてトークをしていて、男性アイドルグループの一人が寮暮らしの失敗談を話している。ギラギラしたシルバーの衣装に身を包んでいるその美青年はあんなに可愛らしい顔をしているが、たしかもう二六歳のはずだった。僕の好きな女優と同い年だったから覚えている。

去年の三月まで学生で、まだ二四歳の自分は、なんにでもなれる気がする。けれども新卒採用をふいにした自分が転職をしようにも、一つの企業で三年も勤められないような人間を、どこも雇ってはくれないだろう。あと一年半は、人を騙し続ける会社で働き続けなければならない。会社が潰れでもしない限り。本人は困り果てているのだろうが、企業の業績悪化で希望退職に追い込まれたという直樹が少し羨ましかった。

「今の仕事は、世を忍ぶ仮の職業だよ」

呆れた、という顔をしながらも、美彩子は突然僕の左目に口づけをしてきた。閉じた瞼《まぶた》に柔らかくて温かい感触を覚え、開けたままの右目でテレビを観る。大学のOBであるデーモン閣下がスモークの中、古い邦楽のカバーを歌っていた。裏声やエフェクトで誤魔化しながら歌うアーティストが増えた中、閣下のハイトーンヴォイスはあくまでも地声で、自分の仕事に妥協していない。右手で尻をつかみ唇で耳裏を吸うと、美彩子の口から閣下と同じくらいに高い吐息が漏れ出た。

＊

駅ビルトイレへの狭い通路を、はしたなくない程度に早歩き。いつものように白シャツに綿地のテーラードジャケットを着ている似非ミイラホストを追い抜き、個室へ直行。奥側の個室が埋まっていたので手前に入り鍵を閉めた。便意は、あまりない。最後にウンコをしたのは昨夜、美彩子の家でだった。その後カレーを二人分食べ、今朝も冷凍うどんを食べたのだから、もっと強い便意に襲われても良いはずだった。

それでも、尻丸出しで座っているだけで充分満足できるのだった。空調機の出す低音が僅かに聴こえるだけで、満員電車にいたさっきまでとは全然違う静けさに包まれている。仕切り壁の左側からは何かのキャップを開ける音が聴こえ、似非ミイラホストがワックスでも付け始めたのだろう。

小便は出たがウンコは出ない。次の人のためにもう出ようと思ったところで微弱だが急な便意がやってきて、浮かしかけた尻をまた便座に下ろした。隣の個室から流水音とドアを開ける音とともたついた足音がほとんど同時にして、瞬く間に入れ替わりが行われた。瞬間的な喧騒の後、「フーチー、ウーチー」と声がした。

「カーツハーツアース、エンドニーノッシング……」

英語の発音を意識するためか口蓋《こうがい》がちゃんと上がっているみたいで、おそらく彼が日本語を話すときよりその声は大きいはずだ。練習男の声と似非ミイラホストの立てるドライヤーの音は止まないが、トイレ内の静けさが逆に際立つから不思議だ。合板や陶器で構成された硬い内装はデッドな空間ではないはずなのに、何故だか吸音性が高い。

膝の上にのせた両腕で上半身の重さを支えつつ、尾骶骨《びていこつ》から肛門への真っ直ぐな直線をイメージし上から下へと順に力を込める。ほとんどないウンコを腸から搾り出す筋肉の動きは、出てくるまでは少しも緩めないという容赦のないものだ。自分の身体内で行われていることなのに、それを完全にはコントロールできない。

練習男の英語が止んでからトイレットペーパーを巻き取る音と流水音が聴こえるまでは流れるような早さで、彼がトイレを出た直後に二つの声が聴こえた。それが会話だと気づいて驚いたのは、喋っている片方が練習男の声だったからだ。鼻腔共鳴の強い声は間違いなく彼のものだ。

「来週錦糸町？」

練習男の話す日本語を初めて聴けたことに興奮し、腸も刺激されたのか、感触で小粒とわかるウンコがぽちゃんと便器に垂れ落ちた。

「栗原はリッツ・カールトンに泊まるとか言ってて、かなりバブリーだよ」

「さっすが……彫り深いからな、あいつ。サマになるよ」

練習男が話している相手は粘っこく抑揚のない声で、壁を挟んで僕のすぐ左側、似非ミイラホストが立っているはずの位置から聴こえる。二人が何かを言い終える度にドライヤーの音がターボでうるさくなり、これはひょっとしてと思った。

練習男が話している相手は、似非ミイラホストなのではないか？　似非ミイラホストの声を聴いたことはないから不確かではあるが、その声とドライヤー音は同じ場所から聴こえている。一方の練習男の外見に関しても、今までは漠然とメガネの冴《さ》えない学生を想像していたが、全く違うのかもしれない。類は友を呼ぶというが、練習男も似非ミイラホストよろしく、綺麗めのジャケットを着てホスト崩れみたいな格好でもしているのかもしれない。もしくはいつもの見慣れた常連、例えば白い調理服を着たパン屋やぼさぼさ頭の高校生なんかが、練習男の正体かもしれないのだ。練習男についてはその声と排便の早さ以外、僕は何も知らない。

「そういう、いい意味での図々しさも羨ましいとこだけどね」

練習男がまた一言、日本語を口にした。僕は興奮を隠せない。早くこの目で確認したかった。

だが刺激を受けた腸がちょうど活発化し、第二波のウンコがゆっくりと肛門から流れ出てくる。木の壁一枚を挟んだ半径一メートル以内で夢のコラボレートが実現しているというのに、排泄中の僕は身動きが取れない。膝下までおろされたズボンは、さながら足枷《あしかせ》か。ようやく全部出し終えた頃にはドライヤーの音も止み、急いで尻を拭いて個室から出たときには順番待ちをしていたスーツ姿のサラリーマンが二人立っているだけだった。手を洗い走って地下街から吹き抜けの屋外テラスに出たが秋の澄んだ太陽光が僕の目に差し込み、目を細めながらあたりを見回したが似非ミイラホストと練習男らしき男の姿はどこにも見つからない。

千葉営業所の営業部隊の一人が、金庫から五四万三四八六円を持ち出し行方《ゆくえ》をくらましたらしい。金庫内の過不足金としてこれだけ大きなマイナス数値を目にするのは入社以来初めてで、所長の市橋さんは本部からキツく咎《とが》められたようで、受話器越しに聴く声は憔悴《しょうすい》しきっていた。一般人から金をむしりとって何も思わない人間でも、組織の上からの文句には心がこたえるのか。

行方をくらました社員は高校卒業後アルバイトを転々とした末、先月電信教育センターへ入社したばかりだった。まだ二〇歳で、図体ばかり大きくて口数は少ないほうだったという。入社して一ヵ月だと、仕事の中身を大体把握し、一方で会社の実態そのものに関しては全体を把握しきれていないままだったはず。ヤクザまがいの会社から逃げ切れるとでも、本気で思っているのだろうか。浅はかだ。自分より四つも年下の社員が起こした逃避行の結果がどうなるのか、気になるところだ。枝分かれした姉妹会社である育秀社が行政処分を受けたのが昨日だから、本部も今回の件について警察に被害届は出さないだろう。警察の手を借りない分、逃げた社員の行く末は危うい。電話し終えてからもしばらく眺めていた入出金データのファイルを閉じ、昼食に出かける。

ビルの外に出て、強い風に吹かれた。晴れているが、風の流れが朝とは変わっていた。空では雲がかなり速い速度で移動していて、遠く離れたここから見てもはっきりとわかる。風に背中を押されるようにして歩き、大通りから数歩路地に入ったところにある天ぷら屋へ入った。

店内が静かなのは、若い女の客がほとんどいないからか。いくら味が良くても建物が古いというだけで、彼女たちはやって来ない。どうせ、カフェで出されるお菓子みたいなパンで満たされてしまうのだろう。建物が古くても清掃はよく行き届いていて、「B定食で」と声を張り上げると同時にカウンター席へ座り、自分で水をコップに注ぎ入れた。ご飯のおかわりが自由で、サラリーマンだけでなく学生らしき人たちも結構いる。黙々とご飯を平らげる男たちの姿は健康的で、ここらのビジネス街において地に足を着けられる場所かもしれない。人間なんて、飯食って糞《くそ》して寝るだけの生き物なのだ。

いつもは開け放たれたままになっている引き戸が今日は閉められていて、客が出入りするたびに風が背を撫でつける。粉をまぶした春菊やら海老やらが油の煮えたぎる鍋の中へ入れられ、気泡の中で衣が形づくられてゆく様に目を奪われた。結晶のようだと思う。小学生の頃、空から降ってきた雪の結晶を見てみようと、冷凍したプレパラートを寒空の下でかざし、庭のバーベキューテーブルの上で顕微鏡にさしこみ覗《のぞ》きこんだことを思い出した。雪粒はもちろん溶けてしまっていて、同じことをいくら繰り返しても雪の結晶は見えず仕舞いだった。

一二時一〇分を過ぎた頃から混んできて、僕の両隣にもスーツ姿の男たちが座った。左側の男は後退した頭髪に、艶やかな肌——軽く会釈してきたのは、山城だった。

「どうも、渡辺さん。お店に入る後ろ姿が見えたものですから、お邪魔させていただきました」

　嘘臭い。どこかから尾《つ》けてきたのかもしれない。そんなに交友関係が広いとも思えない男に、なにがしかの理由で気に入られてしまったということ。

「昨日うどん屋でお会いしたばかりなのに、奇遇もいいとこですね、山城さん。そして相変わらず、電信にいた頃の山城さんの姿を思い出せない」

「ええ、渡辺さんにはオーラがおありになるから、とと遠くからでもわかったんですよ。あと、電信にいた頃の自分は、むしろ忘れられたい。あ……営業をやってた自分はですよ？　経理で入った優秀な渡辺さんは、まともな社会人でらっしゃる……すみません、山菜天丼ひとつ」

　山城の言葉には破綻が見え隠れするが、人を不快にさせるその網に自分は早くもひっかかり始めているのを感じる。小さい顎を下げたままの笑い顔は人を小馬鹿にしているようで、目の前の男をなじりたい衝動に駆られた。

「こ、この前も申し上げたとおり今の私の職場は業界誌専門の零細出版社ですが、大変なもんですよ、出版不況で。でも、精神的には大分楽ですけどね。ところでどうですか、渡辺さんのほうは？」

「僕の仕事自体は楽ですけどね。ただ、育秀社が業務停止処分くらいましたから。いつまで続くか」

山城はそこで大きく頷き、目を細めた。何を見ているのだろうか。

「でも、育秀社の姉妹会社である電信は、なんで尻尾《しっぽ》摑《つか》まれなかったんでしょうかね？　やってることなんて九割がた同じなのに」

「まあ、電信のほうが慎重だったんでしょう」

柑橘系《かんきつけい》の匂いが鼻に抜ける。まな板の上で切られたばかりの柚子の皮が、次々と小皿にのせられている。山城の獣臭を中和してくれる香りだ。

「やっぱり、慎重にやりますよね。泣き寝入りしそうな客にだけ法律すれすれのしつこい勧誘。怪しい客にはローン契約手続き完了後、クーリングオフ期間を過ぎてからの教材発送」

「僕は経理しかやっていないんで、どうしても実感が持てないんですけどね。でも転職しようにも、三年以内で辞めた人間を雇ってくれる会社はどこにもないし……電信も早く潰れてくれないかな、って思いですよ。最近は」

「なるほど。私と違い、新卒採用というものをふいにした悔しさなんかが渡辺さんにはあるでしょうね」

僕の言ったことのどれかが山城の心中にあったなにかと合致したようだ。本人は冷静な相槌《あいづち》を装っているつもりらしいが、ある方向に話を向けたがっているのが大袈裟な身振りや表情で伝わってくる。

「育秀社も慎重にやっていたはずですけどね。密告者、なんかがいたんじゃないですか」

「密告者？」

「所長に扱き使われた社員とかが、内部文書を労働基準監督署や経済産業省に送ったり。電信を倒産させて転職したいならどうです、渡辺さんも、やってみます？」

危ない人発見。思わずニヤけた。肌は不自然なほどに若々しいが薄い髪の下にのぞく頭皮は白っぽくて、血流の悪さがうかがえる。自己の中に眠っているはずの超人的な一面をよび起こそうとするタイプか。山城という個人は身も蓋もない現実の世界に、自分がどれほど介入できるつもりでいるのだろうか。

「実はある筋と私は繋がっていまして、はい。先方から秘密厳守でやれと言われているので、詳しくは申し上げられないのですが……。渡辺さん、なにかヤバそうな文書を見つけたら、渡していただきたいんですよ」

「いやあ……どうなんでしょうね、仮に協力したくても、会社にバレたら危険な目に遭いそうですし。僕にとってメリットが全然ないですよ」

僕ら二人の頼んだ品物がカウンターに載せられる。各々、食べ始めた。

「まあ、お話ししたのが突然でしたものね。気長に待ちます。ところで明日……土曜日も、やっぱり出社ですか？　お疲れ様です。土曜はノルマの達成できなかった営業たちしか来ないですから、渡辺さんも暇でしょう、多分。大変ですよね、特にすることもないのに、空気を読んで出社するしかないだなんて。河本なんかは悪どく稼いでるだろうから、余裕こいて嫁さんとラクロスしにでも行くんでしょうが」

「河本さんって、ご結婚されてるんですか？」

「結婚もなにも、気色悪いほどベッタリですよ、お互い。休みの日にはラクロスで汗を流し、三歳の男の子にはお受験をさせるつもりみたいで」

河本さんが結婚していて子供までいることにまず驚いたが、山城が露骨に嫌悪の感情を表していることに注意がむいてしまう。

「この人のぶんも、一緒に」

勘定の時、山城が僕のぶんまで一緒に払ってくれた。これが僕にとってのメリット、ということだろうか。

＊

今日もトレーナーにキャップを被った格好のエビちゃんが電話応対をしていて、途中で保留にしたまま事務の斎藤さんを呼んだ。何か相談しているようで、その会話中に「ヤナセくん」という言葉が聴こえた。柳瀬浩一くん。今日もいそいそと、自分から電話をかけてきた。僕が二度目の応対をしてから約一週間ぶりで、電話を終えたエビちゃんと斎藤さんによる話のトーンが不穏さを帯びてきた。

「……一週間くらい前には終えてたって言うんですよ」

「え、でもその間に教務の誰かしらは電話応対してたはずだよね？　千佳、わかる？」

「わからないです。澤野くんなんか報告ミスとかしそうですけど……でもそりゃないか。教材終えたって言われたら最低限、担当の営業さんには伝えますよ」

僕はほんの微々たる尿意で腰を上げ、複合機の受信トレイから何枚か文書を選び抜き、誰にも見られていないことを確認すると四つ折りし背広の内ポケットに入れた。ビル五階の男子トイレへ向かう。便座に座り小便だけ済ませるとペーパーホルダーに肘をかけ、頬杖をつきつつ浅い呼吸をしばらく続けた。

柳瀬浩一くんからの電話を二度もほったらかし、教材を売ろうとしなかった自分。不安を払拭するようにケータイを開き、ウェブ上の検索ボックスに「電信教育センター」と打ち込み検索。出てきた数百件の検索結果から、アクセス件数の多い掲示板に辿り着いた。

「電信教育センター（育秀社・フィックス21）被害者の輪」

アクセスカウンターの尋常じゃない数値は、サイト参加者たちからの強い怒りを表している。装飾が排除された文字だけのページは、インターネットが普及し始めたばかりの頃からずっと続いているようだった。少なくともそれだけの間、電信という会社は被害者を生み続けてきたということか。BBSへのここ最近の投稿を読んでみると、しつこい営業への苦情、入会してしまったが不安になった主婦からの相談、なにより育秀社への行政処分の話題で盛り上がりを見せているようだった。

「前身の共同学習社から二五年続いている流れを見る限り、育秀社が処分されてもまた表面だけを変えた別会社に生まれ変わるだけでしょう。でもこれまでの処分とは違ったところもあり……」

「……私の妹も過去、電信教育センターに騙されて泣き寝入りしたこともあるため、今回の処分は良い方向に向かっていると思います。甥も今は無事社会人になり普通の生活を送っているようですが、当時は妹夫婦もそのことで揉め、離婚寸前まで話が進みました。同じような被害者の方々をこれ以上増やしたくはありません。」

どれも、真面目な調子で書かれていた。そこにはネットにありがちな無責任な意見や誹謗中傷、悪ふざけの立ち入る隙はない。この人たちは恨みや憤りという共通点で繋がっていて、その攻撃対象は、電信や系列会社であり、そこで働いている社員たち――当然、僕もその中に含まれているのだ。

電信への悪口を読み認めることで自分の所属する会社を他人事のように感じようとしたが、真面目な投稿を読めば読むほど、悪徳会社が自分自身にフィットしてくる。自分のやっている仕事が罪を犯しているという揺るぎない真理を指摘されている。不快だが、どうしてもやめられなかった。急に便意を感じるが、しかしウンコはなかなか出ない。尻丸出しのまま掲示板を読み続けた。

やがて、閉塞感に押しつぶされそうになった。でもいつウンコが出るかはわからず、便器から立ち上がることはできない。僕はケータイのキーを操作し、掲示板の投稿フォームに文字を書き連ねていった。

「昔、電信の営業だった者です。普通の教材販売会社だと思い入社したのですが、数日後には会社の実態を知り、暗澹《あんたん》たる思いでその後の日々を送りました。酷《ひど》い会社です。生活のためとはいえあそこで働き法外な値段で中身のない教材を売り歩いていた私自身が、一番酷い人間なのでしょうが。」

掲示板に表示された自分の投稿文を読みつつウンコを出すと、少しだけ心が軽くなったが、まだ足りない。僕は尻を拭くとケータイを操作し、無料アダルト動画サイトへアクセスした。ランキングの上位にあった動画を適当に選び再生させ、音量を最低レベルまで落とす。あらかじめスピーカー部分を左手の指で押さえていたので、女優の喘《あえ》ぎ声は蚊の鳴くような音量でしか聴こえない。

便座に腰掛けたまま、自瀆《じとく》に耽《ふけ》りはじめた。小さい画面上で再生される動画の解像度はかなり低いが、異様なほどに興奮し、中学時代より仲間内から「足立の波動砲」と呼ばれている太摩羅は固く怒張しきっていた。反復運動が激しくなると便座が軋《きし》む音がしてしまい、やがて中腰の姿勢になった。

自分は、悪人なんかではない。人を騙そうと思って働いているわけではない。悪徳企業にしか入れなかったような、ただの堕落した人間だ。その証拠としてこうして勤務中に、会社のトイレでエロ動画を見て自瀆にだって耽っているぞ！　この姿のどこに、悪人の要素があるというのか？　動画の中の男優が果てそうになった時、僕も便座を上げ水面へと精液を放った。

後処理をし、立ってベルトを締めながら小窓の外に目をやった。ビルとビルの間の空を、隊列を組んだ鳥たちが飛んでいった。

「こどもたーちが〜そらにむかい〜りょうてをひーろーげ〜」僕は小声で歌いながらさっきしまった文書をポケットの中から取り出し、五枚あったそれ全部を折り、紙ヒコーキにする。数日前に昼飯を奢《おご》ってくれた借りもあり山城向けに用意した文書だったが、彼の妄想が織り成した怪しい計画も、それに僅かながらも期待を寄せていた自分の甘さも馬鹿らしい。小窓からだと難しかったが、五機の紙ヒコーキを連続で外へ飛ばすとそのうち二機は真下へと墜落し、三機はばらばらの方角へまだ飛び続けている。見ていると自分の身体まで風に揺られているようで、下腹がふわふわした。

＊

朝礼が終わり事務の斎藤さんに僕、教務アルバイトの千佳ちゃん、新入りの営業さん二人がオフィスに残った。また少し減った営業枠を補填する形で採用された新人さんのうち一人は三〇過ぎの真面目そうな人で、もう一人は顔に表情を出さない細目の若い男だ。色白な顔に黒目がぎょろりと浮かび上がっていて、斎藤さんと向かい合って教育を受けている今も、ほとんど身じろぎ一つしていない。

小一時間ほどの座学が終わった頃、所長が手ぶらでオフィスに現れた。所長はそのまま新人たちのいるデスクへ寄り、斎藤さんと入れ替わりでいつも通り理念の教育を始めた。

「渡辺、ちょっと」

空耳かと一瞬思ったがたしかに僕は所長に名前を呼ばれ、手招きされていた。途中まで入力したデータを上書き保存し向かうと、

「先輩社員の渡辺君だ。彼は大卒で、電信関東エリアの経理として働いている。今から会社の理念を言ってもらうから、君らもあとに続くように」

ＯＡチェアに深く腰掛けた所長に真面目な顔で目配せされ、緊張しながらも頭に焼き付いている貼り紙の言葉を口にした。

「言い訳禁止、結果至上」

「言い訳禁止、結果至上」

「もう一回」

「言い訳禁止、結果至上」

「言い訳禁止、結果至上」

「ワンス、モア」

「言い訳禁止、結果至上」

「言い訳禁止、結果至上」

何度か言わされ、再び教育を斎藤さんにバトンタッチという段で、再び所長に手招きされた。不穏な空気を感じた。そしてそのまま階段脇の男子トイレに連れて行かれ、危機感は倍加。小窓側の小便器の前で所長は立ち止まったが一向にチャックを開けようとはせず、咳払いをした後、僕の顔を見据えた。

「渡辺……さ、君、会員に、新しい教材売ろうとしなかったろ？」

ポマードで横に流した頭髪の下、ほとんど開かれない口から粘りつくような声が発せられた。

「あの……はい、ミスしてしまいました。普段ほとんど電話応対などやっていなかったもので、マニュアルが頭の中から抜け落ちてしまって……はい」

おどおどしながら僕が返答すると所長は床に目線を落としながら首をかき、突然動いた。

僕の身体が個室の壁にぶつかり、次いで左膝の上に痛みを感じた。蹴られた、と気づくまで数秒かかり、その痛みよりも、暴力が行使されたという事態をすぐには呑みこめなかった。これは現実か。

「忘れちゃ駄目でしょ、そういうの」

「はい、大変申し訳ございませんでした！」

九〇度のお辞儀をする僕。黒いPタイルの床にうっすらと浮かび上がる足跡が見え、視界の上部に所長のつま先がある。

「理念を唱えろ」

「はい、言い訳禁止、結果至上」

頭の上から指令が聴こえ素早く上体を起こし声に出したが、また蹴りが入りよろめいた。

「声が小さい」

「言い訳禁止、結果至上！」

また蹴り。

「い……言い訳禁止、結果至上！　言い訳禁止、結果至上！　言い訳禁止、結果至上！　言い訳……」

狭いトイレの中、残響が消えないうちにまた同じ言葉を発する。一発目の蹴りをくらってから神経が過敏になっているようで、残響で聴く自分の声が脳に直に入り込む。大声で同じ言葉を繰り返している今、所長に蹴られないで済んでいる。恐怖の中で、僅かながら安心感に浸っていた。

昼に天ぷら屋で会うという手はずを整えたのは僕の方からで、昼休みをむかえすぐに店に足を運ぶと、入口横の自動販売機前に直樹が立っていた。

「急で悪かったね。ところでその格好、寒くないの？　下、短パンだし」

「地味に寒い。まあ、授業夕方で終わるから冷え込む前に帰れるし」

今日は九時から四時まで近くの資格学校で授業を受けるという直樹とカウンター奥の席につき、二人とも注文をする。

「どうよ、求職は？」

「何社かに書類送ったけど、全部駄目。資格取って社労士になるのが本当の目標だとはいえ、辛《つら》いね。大学時代の就活ではミーハーな気持ちで企業選んでたから落ちてもそんなにショック受けなかったけど、短いなりにも一年以上会社員やって、少なくともあの頃以上にはまともな判断基準で選んで志望した企業の選考に、落ちてしまうわけだから。本当、勉強している時間だけが救いだよ」

職が見つかるまでは月に約一五万円、それも最大一五〇日間も失業保険をもらえると騒いでいた直樹が、ここまで物憂い表情をするとは意外であった。それにあまり人と喋っていないからか、持ち前の論理的口調に拍車がかかっている。するとコの字型のカウンターの向かいの席に、ぎらついた爬虫類《はちゆうるい》を思わせる男が座った。会釈してくるその男は山城だった。他に知り合いがいないか辺りを見回し、僕は控えめな声で直樹に言う。

「実はさ、会社、辞めようと思ってんだけど。なんかいい辞め方ない？」

「マジでか？　いやぁ、実際ハローワークで求職者の行列を目にすると、おいそれとすすめられないけど……。ちなみになんで？」

「うちの会社、前にも言ったように、悪どい教材販売会社だからさ。少なくとも道徳的にちゃんとしたところで働きたいよ。最近は、上司からもパワハラ受けたりするし」

　ついさきほどくらった蹴りの痛みが、太股に甦る。そのことを直樹には言えないのは、暴力が発動される異常な世界に自分が居ると認識したくないからだ。

「そういう理由があるんだったら、ぜひとも会社都合で辞めるべきだよ。今、自己都合で……文字通り自己の都合で辞めちゃうと忍耐力を疑われ再就職できないし、失業保険の給付も最長九〇日間だけでしかも受給するまでに三ヵ月以上も待たなければいけない。会社の都合で退職すれば、失業保険給付まですぐ。九〇日間の支給日数を満了しても就職できていなかった場合は六〇日間の給付延長と、大体今の俺と同じ境遇になるわけ。それでも再就職は難しいけど、自己都合よりかはよほど恵まれてる」

「その、『会社都合』で辞めるにはどうすればいいの？」

「会社が倒産したり、希望退職をせまられたりしたら問答無用で会社都合。あとは、セクハラやパワハラ受けたり、月の残業時間が四五時間を超えていたり、色々ある。そのかわり、ハローワーク、もしくは労働基準監督署に提出する証拠が必要になる」

「証拠？」

「ああ。ハローワークに行って『会社から不当な扱いを受けた』と説明しても、証拠がないと自己都合扱いになったりする。ハローワークはやる気があるのかないのかよくわからないところがあって、その事実関係をその当該会社に電話で確認したりするわけよ。当然、『不当な扱いをした』と認めれば労基に睨《にら》まれたりもするし、会社側としては否定しようとする。その際、『不当な扱い』を証明するものが必要なんだよ。残業過多だったらタイムカードの打刻記録をプリントアウトするべきだし、嫌がらせを受けたりするんだったらその会話をテープレコーダーに録音しなきゃならない」

「ICレコーダーなら、サークルで使ってた小型の物を持ってるから大丈夫だ」

「いや、デジタルデータだと改竄《かいざん》しやすいから、証拠としての信憑性《しんぴょうせい》は低くなる。かさばるだろうけどアナログの、テープレコーダーのほうがいいよ。ハローワークではらちがあかない場合、労働基準監督署に相談して会社ととことんやりあうしかないから、そのつもりで」

　やがて料理が運ばれ、二人は黙々と食べる。後から来た山城はお冷を飲みながら時折僕のほうへ視線を向けてきていて、直樹もそれを不審がったようなので

「ウチの元社員だよ」とだけ説明した。山城が料理にありついた頃、僕らは食べ終えていて、直樹が財布を出そうとするのを手で制する。

「僕らのお勘定、あの人につけておいてください」

若手の板前が山城の顔をうかがうと、山城は慌てたように何回も頷いた。

「え、いいのか？　ってかなんで俺のぶんも？」

驚いている直樹と店の外に出て、僕だけ引き返し山城のもとへ歩いた。ポケットから、四つ折りにした文書数枚を取り出し、

「ちょうどよかった。該当しそうな文書、いくつか持ってたんでお渡ししますよ」

興奮した面持ちで何か言いかけた山城に会釈だけし、外で待っていた直樹とソフトクリームを食べにマックへ向かった。

＊

斎藤さんが忙しそうにして周りに構っていられないというような時を選んで、僕はアルバイトの大学生たちのいる楕円形デスクに加わった。午後三時過ぎ、部

屋の向こう側ではアポインターのおばちゃんたちが勧誘の電話をし続け、一方こちら側では、生徒たちからくる週に一度の電話での学習相談の応対。今いるのは丸山ちゃんと澤野くんで、丸山ちゃんはファッション誌を開きながら「もえちゃんと私身長同じだけど私のほうが一〇キロ重い、ウケる」と今月何回目かの同じセリフを言い、新人とはいえもう始めて三ヵ月の澤野くんは相変わらず電話が鳴る度にびくついている。

「ガラスのハートなのによく続くね」

「渡辺さん知ってますか、僕の半分は優しさでできているんですよ。だから、バイト辞めるとも所長に言えないっすよ……キレられたらめっちゃ怖そうですもん、所長とか斎藤さんは。正直、渡辺さんが辞めたら僕もう社員さんの誰とも絡めないです」

ため息交じりでそう述べる澤野くんのことを丸山ちゃんと二人で笑ってはみるが、慣れない電話応対をさせられている今の僕には彼の心細さがよく理解できた。蹴られた日の翌日から、一日に五件電話応対してやり取りの内容を報告書にまとめて提出しろ、と所長に言われている。所長がどれほど僕のことをいぶかしんでいるかわからず、挽回《ばんかい》するためやたらと丁寧な報告書を作成し所長のデスクに置き、終電間際に会社を後にするという日々が続いている。今日でちょうど一週間で、生徒相手の柔らかい喋り方は身についたものの、自分が悪徳企業の末端として機能しているという背徳感に肝が重くなる。電話が鳴り、すぐさま受話器を手にした。小学三年生の池垣玲菜《れな》ちゃんへの応対はスムーズに進みすぐに終えられそうだったが、突然母親らしき女が話しだした。

「教材の添削ありがとうございました。じゃあ今日の分も、また沢山たまってるんですが、お願いしますねー。いつものファックス番号に、この後すぐに送りますんで、目を通してくださったら折り返しお願いしますー、それではまた」

おそらく三〇代くらいの母親が、えらくはきはきした物言いでそれだけ述べると電話を切った。全くわけがわからず、アルバイトの二人に話してみると澤野くんが苦笑しつつ複合機より受信した書類数枚を持ってきた。池垣玲菜ちゃんの自筆で答えが記された問題用紙のファックスが四教科分届いており、しかしながらそのフォーマットは電信の教材とは違うものだった。ファッション誌をデスクに置いた丸山ちゃんが、それを手にとり説明してくれる。

「ああ、この人……なんとかしてモトを取ろうとするお客さんで、有名なんですよ、モト取り池垣さんは。自分が騙されたと認めたくないみたいで、払った高額な教材費に見合うように、無理やりこっちを利用し尽くそうとしてくるんです。その時々によって違うんですけど、学校の宿題なんかの他にも市販の問題集なんかを娘にやらせて、毎週ファックスで送ってきて私たちに添削させるんですよ。まあ教務の私たちは暇だし、ちょっと可哀想だから適当に指導してあげてますけど……」

「そうなんっすよ、この池垣のババア、恥かきたくないからって娘に無理やり色んな質問させて、ほんと酷い親ですよ。騙されたってさっさと認めりゃいいのに」

この会話、証拠として使えるか。一瞬そう思い上着の左ポケットに忍ばせたマイクロテープレコーダーに手が触れたが、アルバイト大学生たちの会話が「法令に違反した業務」の証拠になるかはわからず、なにより些細《ささい》なことであれ彼らを巻き添えにはできなかった。録音ボタンを押さないまま、モト取り池垣さんの対応は澤野くんに押しつけた。

ノルマの電話応対一日五件とは、率先して電話をとれば時間にして一時間強で済む件数ではあるが、精神的な負担は大きく、それが終わると必ず五階トイレの中で電信から離れた。今日はあと一件こなせば、あの場所へ向かえる。丸山ちゃんがミネラルウォーターを口に含んでいる時に電話が鳴り、澤野くんは添削をしている最中で、僕が受話器を取った。

「はい、電信教育センター、教務担当の渡辺でございます」

明瞭でいてアクセントが極端に上下する気持ちの悪い話し声が、受話器を通して自分の耳に入る。聴き慣れない声に反応したのか、電話の向こうで息をのむ音がしたきり、間があいた。そして乾いた咳払いの後、

「あの……お世話になっております柳瀬です。柳瀬……です」

誰だ、おまえ。

成人男性の、それも声帯がざらついているような年齢の声。電話待ちをしている際に一通り名簿に目を通してはいたが、柳瀬という名の生徒は柳瀬浩一くん一人しかいない。だとしたらこの電話の相手は父親か。平衡感覚がたちまち麻痺してくる。

「柳瀬様……でいらっしゃいますね。ご用件はなんでしょう?」

そうとだけ言うと、また間があった。僕はその隙にクレーム処理マニュアルを手に取り、パラパラとめくりながら各ページ下段に記載されている太字の要点を目に焼き付ける。

《まれに「詐欺だ」「今すぐ解約させろ」とおかしなことを言う人が出てきますが、まずは中途退会料のことを伝えましょう》

とあるページに目線を落としたまま、相手の出方を待つが、「おかしなこと」を言う気配はない。

「……はい、どうですかね、その、普段は家内が電話してると思うんですが、都合がつかないみたいで私が代わりを頼まれましてね」

どうやら柳瀬氏は相手が誰かを知らずに電話をかけてきたようで、曖昧な言葉で探りを入れてきている。名簿を確認する。五Kクラスの柳瀬浩一くん。小学五年生の一人っ子。住所は世田谷区の千歳烏山。父親の職業は生命保険の外交員でエリアマネージャー、営業担当者の本山正は既に離職。

「ちょっと今担当の者が外しているのですが、特にこれといった用件は聞いておりません」

「いえいえ、私も頼まれただけでよくわからないもので。それでは失礼いたします」

保険外交員という職業柄か表面だけ丁寧に繕った返事をされた。電話は静かに切られ、受話器を置き椅子に深く腰掛け夢想する。着信時にこちらの電話機のディスプレイに表示されていた番号は確かに世田谷区の自宅電話のもので、なにかのきっかけで柳瀬氏は息子や妻の行動を不審に思い、ここの電話番号を目にしたのだと推測できた。といってもできることは固定電話の通話履歴を調べることくらいだったか。平日のこの時間に電話をかけてきたという事実は、今の不況と関係があるのだろうか。

電話が頻繁に鳴りだし、丸山ちゃんと澤野くんはすでに応対に追われている。昼に出かけた千佳ちゃんはいい加減戻ってきてもいい。

今日のノルマを終え、左右のポケットをケータイとおにぎりと缶コーヒーとマイクロテープレコーダーで膨らませたままトイレへ向かった。するとドアが開き、所長が出てきた。千佳ちゃんと一緒ではなかったのか。反射的に目を伏せてしまう。

「おう……よく会うな」

すれ違いざま、粘っこい声で言われた。どういう、意味だろうか。パンパンのポケットを隠すよう、足早にトイレへ入った。

斎藤さんとアルバイトの二人が帰ると、オフィスにいるのは僕一人になった。

出入口のほうに耳で注意を向けながら、斎藤さんのデスクへ寄りパソコンの電源を入れた。もし来訪者があれば、物理的に強制終了させるしかない。出荷時設定のままの壁紙の上にはいくつものフォルダがあり、僕はブラウザを起動させ「お気に入り」リストから見当をつけ、そのうちの一つをクリックした。目的であるオンライン出退勤時刻管理ソフトがたちあがったのも束の間、すぐにＩＤとパスワード入力の画面へ切り替わった。舌打ちしたが、斎藤さんがオフィスにいる際の行動を思い出し、キャビネット上段の引き出しを開けた。記憶の通り、パウチングされたＡ４の表にパスワード一覧表があり、それを見て入力すると管理画面が操作可能になった。「渡辺丈史」をクリックして表示された出退勤時刻管理表を、表示方法を変えながら何枚かプリントアウトし、今の閲覧記録をすべて削除してからパソコンをシャットダウン。帰り支度を整え、最後にカードリーダーへＩＤカードを通し退勤処理を行った。

足立区にある自宅の最寄り駅に着いたのが午前零時過ぎで、そこからシャッターの下ろされた商店街を抜け、しばらく歩き自宅に戻った。父方の祖父の代からあるこの一軒家も三年前にリフォームしてあるから家屋自体は綺麗だが、苔《こけ》が生えいつも湿っているブロック塀は当時からのままで、下町の風景に馴染んでいる。

音を立てないようにしながら家へ入り、上着とネクタイをソファの上に置き台所で手を洗った。午後に会社のトイレでおにぎりを食べて以来だから、腹が減っていた。ガスコンロの上に置かれている鍋の中をのぞくとなめこの味噌汁《みそしる》で、温めもせずそのままお玉ですくって口に運ぶ。うまい。深夜に食べる冷めた味噌汁には何物にも代えがたいおいしさがある。気づいたら、鍋を空にしてしまっていた。

シャワーを浴びる前にソファで一息つく。すでに一時をまわっていた。どうせ六時には起きなければならない。掛け時計の秒針の音を聴きながらじっとしていると、真上の寝室から低い鼾《いびき》が聴こえてくる。去年定年退職を迎えた父は現在、契約社員としてあちこちのガソリンスタンドの店頭で専用クレジットカードの入会を勧めているらしい。肉体的疲労は増しても稼ぎは昔の四分の一以下で、リフォームのローンはあと四年で返し終えるものの、家計に前ほど余裕はなくなってきていた。就活に失敗し、でも就職浪人という身分だけは嫌がった姉は大学院に進んだ末、同じ研究室の学生と結婚し専業主婦になり、今は五反田の小さなマンションで暮らしている。しばらくして両親とも働けなくなった時、今までと同じ水準の生活を送れるよう支えてゆくのは自分しかいなかった。電信を辞めるにしても、再就職できるよう「会社都合」で辞めねばならない。

ナイロン鞄のポケットから、マイクロテープレコーダーを取り出す。音による「証拠」収集を開始して今日で一週間経つが、レコーダーと一緒に購入した九〇分のマイクロテープには目測でまだあと一〇分ほどの空きが残っていた。適当に巻き戻し再生する。記録媒体はアナログであるもののマイクの感度は良く、細かな音も拾えているのだが、肝心の内容は電話の着信音や咳払いやアポインターのおばちゃんたちやアルバイト大学生たちの話し声などで、使えない素材ばかりだった。「法令に違反した業務」や「上司からの嫌がらせ」など、いざ録音しようと探してみてもそうあるものではなかった。

＊

長いエスカレーターを急ぎ足で上ってゆく、その動作でさらに腸が刺激された。駅ビル地下、ロの字型の通路に面した店のどれもが開店準備中で、パンの焼ける香ばしい匂いが漂う。今朝モップがけされたのか、天井照明の明かりを反射し床が光沢を帯びていた。後ろから追随者達の足音が聴こえ、僕は歩調を速め男子トイレへ。二つあるうち、空いていた手前の個室に入り鍵を閉めた。

力をこめているのか、緩めているのか、もしくは緩んでいるのか。脱糞しようと決めただけで腹から下の命令系統が半自動的に機能し、身体の中からウンコがどぼどぼと出てくる。左下腹で何かが流れているのを微かに感じつつ、だらしなく開かれているだろう口から息が漏れた。ここのトイレでは、排泄の快楽ただそれだけを、純粋に享受することができる。会社のトイレとは違った。終わった、と思ったら第二波がきて、多く出たことに得した気分だった。

隣の個室の利用者が入れ替わり、しばらくすると英語練習男の声がした。常連ならしばらくは彼が個室から出てこないことを知っているから失望し、僕のいる個室が早く空かないかと待っているはず。トイレットペーパーで尻を拭き、流水する前に便器の中をのぞきこみウンコの様子をチェックしてみる。太い棒状のウンコが三本、その上に撒《ま》き餌《え》のようなウンコが散らばって水面を漂い、一粒一粒が気泡を発しながら沈んでゆく。棒状のウンコにも撒き餌ウンコにもなめこの欠片が混ざっていて、自分の身体を出来の悪い工場のように感じた。流して個室から出ると、似非ミイラホストが洗面所の前でドライヤーを取り出すところだった。

出社しすぐ給湯室へ向かうと、自腹で買った便秘解消効果を謳《うた》う健康茶をヤカンで煮出した。備品のポットに中身をすべて移し替え、それを入口近くのデスクにいくつかの湯飲みと共に置いた。一連の作業を事務の斎藤さんや数人の営業さんに見られており、「祖母の家から大量に送られてきたんで皆さんご自由に飲んでください」と、あらかじめ用意しておいたセリフを述べた。先日トイレ前で擦れ違いざま所長に言われたことが頭をよぎる。当の所長もしばらくすると出社し、やがて朝礼が始まった。

特に並びは決まっていないが全員が起立し所長の方を向いていて、僕は後方に立ったまま尻ポケット内のマイクロテープレコーダーの録音ボタンを押した。目立たずにボタン操作することを考えると、レコーダーを忍ばせる場所はここがいいことがわかってきた。朝礼の間には、所長をはじめとする何人かがグレーゾーンな発言を時々する。証拠収集道具であるレコーダーの存在が、それ自体の大きさでバレるという危険性もあるが、攻めの姿勢で遂行しなくては何も変わらない。それに数日前より、生地が厚く少しダボついた冬物スーツを着てきているから、レコーダーの存在もカモフラージュし易くなった。

「本日の目標、二一〇万いきます！　確約二件、未確フォローも二件バッチリきめていきます！」

ランダムに指名された数人のうち最後の営業さんが大声で言うと、毎度おなじみの機械的で異様な音量の拍手がしばらく空気を震わせた。

「続いて表彰。怒濤《どとう》の成約数で、ついに小山内をおさえて新ナンバーワンへと躍り出ました。河本、おめでとう」

所長が声を張ってそう言うと、さっきよりも大きな拍手がたちまち鳴り響く。正面に立つ所長の目を意識してか皆の拍手は全然弱まらず、某北国の演説さながらだ。目尻を下げた河本さんが前に出てきて所長に一言求められ、一瞬で拍手は鳴り止んだ。

河本さんの挨拶を聴きながら、この人が営業成績所内ナンバーワンだということが、世間の無情というかやりきれなさを僕に感じさせる。こんなにも人当たりの良い人が、一日一件以上、高額の教材を売り捌《さば》いてまわっているのだ。多分、河本さんの性格にあまり表裏はないだろう。だからこそ、あの物腰の柔らかさでどんどん売れてしまう。所長から渡されたばかりの金色のネクタイピンが河本さんの胸元で光っていた。

朝礼を終えオフィスから出たきり所長は戻ってきておらず、午後一時に出社するはずだった千佳ちゃんも連絡なしで休みだ。人手は少ない。意外と好評だった健康茶の第二弾を沸かすため給湯室に行くと、事務の斎藤さんが紅茶を淹れていて、僕はなにか喋ろうと焦った。

「一時入りのはずなのに千佳ちゃん、電話連絡すらしてきませんね。なんなんでしょう」

「甘やかし過ぎなのよ……いい歳して、何考えてんだか」

抑揚もつけずにさらっと口に出されたその言葉は、おそらく千佳ちゃんに向けられたものではない。僕は健康茶を煮出しポットへ注いでから自分のデスクへ戻った。するとテレホンアポインターのおばちゃんが――たしか小山さんだ、大きなタッパーを持ったままうろつき僕のデスクへもやって来た。

「渡辺さん、ほら、カレーパン作ってきたからよかったら食べてね」

口に手を当てながらへっぴり腰の体勢で話す小山さんは何故か爆笑していて、つられて僕も笑いながらカレーパンを手にする。一口かじり「おいしいですね」と感想を述べると小山さんは摺り足で斎藤さんのデスクへ移動した。あんなに良心のあるおばさんたちが事務所の端に集まり、母性的な声で高額教材のテレホンアポインターとして働いているという現状は、どうしても受け入れ難い。あの人たちに仕事へのこだわりはないのだろう。だからこそ、よりによってこんな非人道的な仕事をしてほしくはなかった。

複合機のトレイに溜まっている文書をまとめて手に取りパラパラとめくる。パーテーションで仕切られているとはいえ斎藤さんの位置から僕が複合機を使用しているのはわかるはずで、電信に都合が悪そうな文書を直感で何枚か抜き取り素早くコピーする。法令違反の証拠をまた新たに集められたということに満足した。直樹からの助言だけでなく書籍やネットを駆使し自分でも調べた結果、「労働時間過多」、「事業内容の違法性」、「職場での嫌がらせ」の三つで攻めるのが自分の場合は最も確実だと今では理解している。これらの証拠をまずはハローワークへ、それで解決しなければ労働基準監督署までもちこむ。放っておいてもいつかは行政処分をくらうのかもしれないが、不確実性には頼っていられない。常に最上を望み最悪に備えた計画を立てながら、いくつもの手法を駆使し確実に問題を処理する必要があるのだ。とにもかくにも、「会社都合」退社と認定されなければ。

二つ折りにした書類を鞄へしまい、入れ替わりに水色の巾着袋を抜き出すと便意もないのにトイレへ向かった。奥の個室で一息ついていると開かれた小窓の向こうから聴こえてくる音で、雨が降っているのだと気づく。ケータイのブラウザから「電信教育センター（育秀社・フィックス21）被害者の輪」にアクセスし、明らかに強引な押し込みを行っている営業さんのことについて、匿名で書き込みを行った。だがこれだけでは、電信からの解脱はしきれない。僕は巾着袋から物体を取り出すと、空気を入れてどんどん膨らましていった。ぶよぶよとした肌色の風船は段々と人型になり、やがて抱っこのポーズをとる身長一三〇センチほどの裸の「女」となった。女と定義づけられる所以《ゆえん》は、紙風船のような継《つ》ぎ接《は》ぎだらけの大きな乳房と、頭部にプリントされたAV女優の顔写真と、股ぐらに空いた穴だ。その穴に付属品のシリコン製ホールを突っ込み、これまた付属品のローションを塗りたくった段階で、僕はケータイでアダルトサイトへアクセスし動画を再生。ズボンをパンツごと下ろし、勃起した愚息を「アソコ」へ挿入する。

窓台に置いたケータイから流れる、微かな喘ぎ声。自分の手を用いない自瀆は初めての経験で、驚くほど気持ち良く、それはまた美彩子との実戦なんかとも異なり、不純物いっぱいの快楽だった。いたるところにプレス時のバリが残る安物風船ダッチワイフの身体は真面目に見ると笑えてくるが、想像力を一片でも働かせ続ける限り愚息が萎《しぼ》むことはなく、むしろもうイってしまいそうだ。

会社は労働への対価として社員に給料を与えるが、僕は今、勤務時間中にトイレでダッチワイフと激しくヤりまくっている！　悪徳会社の戦力として一切機能していない状態。電信の戦力を弱めているこの時間は、少なくとも世間にとっては「善行」だろう！　風船の股ぐらに腰を猛スピードで打ちつけ、僕は酸欠になりかけた末、果てた。

斎藤さんが午後九時頃に帰ってしまうと、午後一一時近いこの時間までオフィスにいるのは僕とアルバイトの澤野くん、太田くんだけになってしまった。さすがにこの時間帯に生徒から電話がかかってくることはないが、二人は明日営業さんたちがまわる訪問ルートの地図を作っている。電話応対を極度に嫌がる澤野くんだが、挽回するつもりか、こういう時は年上であり古参の太田くんに軽く指示を出しながら作業していた。僕はといえば、最近毎日一時間強の時間を電話応対に費やしているためその間にやらなければならない仕事が夜にまわる。コピー機やハサミなんかを駆使して作業する二人を尻目にエクセル相手に計算を行っていると、

「作り終えたんでそろそろ帰ります。渡辺さん、大変そうですね、毎晩」

体育会のアーチェリーでだろうか、また日焼けした太田くんがそう声をかけてきて、澤野くんと揃《そろ》って会釈してからオフィスを後にした。斎藤さんや他の営業さんがいない時点ですでに気を緩めてはいたが、息抜きに美彩子へメールを送ったりしながら仕事を続ける。

やがて一段落つき、ＯＡチェアの背もたれに寄りかかり伸びをした。帰り支度をしようと立ち上がった時、後ろのガラス窓から鋭い音が響いた。反射的に身をすくめた僕が振り返ると、雨粒の付着した窓に、直径二〇センチ大の放射状の亀裂が走っていた。銃撃という考えが頭を過《よぎ》り窓から離れようとしたものの銃弾だったら窓を貫通し僕の身体は射抜かれているはずで、なんのことはない、石を投げられたのだ。窓に額をくっつけ、建物下の通りに目を走らせる。雨粒でよく見えず、犯人らしき風体の人もいない。

悪意の原始的な意思表示に、身震いした。僕は所長に蹴られるほどの怒りを買い、姿も見えない相手から石を投げられるほど会社ごと恨まれている。逃げるように荷物をまとめたが、思いとどまり席に座りなおした。自分は、確実に「労働過多」にならなければならないのだ。それには月四五時間超の残業が何ヵ月か必要で、念には念を入れて無駄に遅く退勤処理を行う意識が大切だった。二三時半ぴったりになったのを確認後、ようやくカードを通し用心しながらビルから出ると、地下鉄に乗り美彩子のマンションを目指した。無性に彼女を抱きたい気分だった。

*

勤務時間中に電車に乗るのは初めてだ。最近、初めてやることが多い。都営線が地上に出て笹塚で停車した際、ここで下車し近くのボウリング場で時間を潰せたらどんなに幸せかと夢想する。千歳烏山駅まで、あと数駅。

柳瀬浩一宅を訪問して新しい教材を直接売ってこい、そう所長に命じられたのが今日の朝礼後だった。てっきり営業部隊の誰かがもう売りに行ったのだと思っていた僕は面くらった。それでも厄介事には早くケリをつけておきたく、柳瀬くんの母親が家にいるはずの時間帯を狙って訪問することにしたのだ。

担当地区へと向かう前の河本さんに訪問販売の手順や注意点、コツをレクチャーしてもらったが、一〇分そこらの講習でどうにかなるものでもないだろうとはわかっている。不幸中の幸いにも、新規顧客を開拓するわけではないのだ。入会済みの顧客に、継続して教材を売りつけるだけ。親身になってくれた河本さんには悪いが、もちろんその会話は録音させてもらった。

千歳烏山駅周辺には雑多な商店が沢山並んでおり、狭い道を歩行者や自転車が通る。菓子専門店の前で、貼り合わされた住宅地図のコピーを広げ、柳瀬家の位置を確認した。ここからそう離れていなかった。住宅地に入っても地図に載っている世帯主名と実際目にする表札のそれはほとんど同じで、わりあいに広い敷地を有する柳瀬家にはすぐ辿り着けた。家屋を目にした際、ここは集合住宅かと思った。ちゃんとした外階段のついた二階建ての家は、上と下で別々の世帯になっているように見える。立派な石塀に埋め込まれた表札も左から「佐藤」「柳瀬」と並べられている。しかし池や松の木まである和風の庭を共有している感じや一階のベランダに大量の洗濯物が干してある光景なんかが、間違いなくひとつの家族のものだ。

今日は朝から晴れている。柳瀬くんの母親が出かける前に洗濯物を干したとして、帰宅したなら午後三時五分の今、乾いた洗濯物を取り込んでいてもいいはずだ。無駄足に終わりそうなことに落胆するも、売り込みをしなくて済むということに安堵《あんど》した。インターホンを押す。しかし一〇秒ほど経っても返事がなく、家

屋の中で急いで受話器を取りに行く慌ただしい足音だとかも聴こえてこない。念のため二度めを押そうとしたとき、

「はい？」

インターホンを通してびりっと鳴る低い、男の声……。

「あ、あのー、私、電信教育センターの渡辺と申します。柳瀬志穂さまはいらっしゃいますか？」

「いや、いませんが、私が出ます。ちょっとお待ちください」

通話はそれで切られた。どうやら「佐藤」ではなく、一度電話で話をしたことのある柳瀬浩一くんの父親らしい。玄関に現れた姿は、四〇前後とまさにドンピシャだ。平日のこの時間に、白い化繊長袖Tシャツに茶のコーデュロイパンツを着て家にいるなんて。やはりこの不況が関係しているのか？　保険外交員でエリアマネージャーの柳瀬久芳《ひさよし》さん。胸の高さまである鉄製の門を挟み、向き合う。厚ぼったい声から想像していたのとは違い、細身で髪には白いものがかなり多く交じっていた。軽く会釈はしてきたものの、無駄に口を開く気はないという意思が伝わってくる。

「すみませんが、奥様は何時頃に戻られますか？」

「六時過ぎまで帰ってこないかと。いいよ、私が、話を聞いておくから」

全く予期していなかった展開にうまい切り返しもできず、僕は柳瀬浩一くんがやり終えた教材の継続購入の話をした。代金のことも訊かれたので正直に話す。妻が高額な契約を勝手に行っていたことに驚き激昂《げっこう》してもおかしくはなかったが、柳瀬氏は声を荒らげもしない。

「どれ、応用編の教材、見せて下さいよ」

そう言われ鞄の中から四冊の教材を取り出す。A4判のハードカバーだけは立派で、中身はそれぞれ五〇ページほどしかない、詐欺丸出しの作り。算数の教材を手に取りパラパラとページをめくった柳瀬氏は「なんだよ、これ」とだけ言い苦笑した。所長のような人を除外し普通の人にとって、怒るというのは案外と難しいことなのかもしれないと直感で感じる。わけのわからない事態に直面したとき、笑ってしまうのは自然な反応か。

「契約者は誰？　お義父さんか？　妻か？　……ちなみに正確に言うと、柳瀬志穂は存在しないよ。息子は柳瀬でも妻は佐藤姓のまま、だから。でも、契約とかには今さら関係ないか」

「契約者は、志穂さんです」とだけ言い、僕も曖昧に笑う。

「参ったよ……親子して、舐めやがって」

自嘲気味に吐かれたその親子とは、浩一くんと志穂さんをさしているのではないようだった。佐藤志穂、お義父さん。まだ若い柳瀬久芳氏が一代で築き上げるにしては立派すぎる邸宅の、説明がつく気がした。また来訪するという旨だけ伝え去ろうとしたら、

「名刺、いただけますか？」

柳瀬氏に言われ、内勤でやってきた僕は初めて人に名刺をさしだした。電信教育センター経理担当「渡辺丈史」の名が世間に初めて露出したようで、躊躇いを感じる。それを手に取り、ぱっと目線を落とすと柳瀬氏が「伝えておきます」と呟き、僕はお辞儀をし足早に駅へ向かおうとした。するとランドセルを背負った浅黒い肌の男の子と道ですれ違い、振り返って見てみると男の子のほうも振り返り僕と一瞬目を合わせ、すぐに柳瀬家の門を開け中へ入って行った。

五時前に会社へ戻り、外回りから帰っていた河本さんに結果を話した。他にも三人の営業さんが集まっていて、微妙な感じで終わってしまった訪問結果に対して各々が励ましの言葉をかけてくれる。なんて優しい人たちなんだと感じ、まる

で自分たちのやっていることは真っ当で、厄介なクレーマーたちに苦しめられているだけなのではないかとさえ思えた。営業さんたちの人間味をこんなにも感じたことはなかった。そんな営業さんたちのうち二人は、毎朝僕が淹れる便秘解消健康茶を湯飲みで飲んでいて、すっかり浸透していることに満足する。教務アルバイトで電話待ちをしていた太田くんが楕円形デスクから離れ、出入口へと向かっている。たぶん、ウンコだろう。男たちが快便になるほどこのビル五階の男子トイレ個室利用者は増え、トイレに行き過ぎている僕はその事実をカモフラージュできる。

釣られて便意を覚え、僕もトイレへ向かった。しかし三つある個室はすべて使用中だった。このうちのどこかで太田くんが糞をしている。やがて奥の窓際の個室から小さいながらも鼾が聴こえてきて、反射的に舌打ちした。僕の指定席で呑《のん》気《き》に寝ていやがる。居眠りできるほど気を緩められるとはおそらく電信の人間ではないだろう。僕は洗面台で手を濡らすと、手を振り水しぶきを指定席の上から飛ばし退出。数分後、水色の巾着袋を持ち再訪すると奥の指定席だけ空いていた。

自分で選んだ芳香剤の香りを嗅ぐと安らげた。出てきたウンコは尋常じゃない量で、ここまで体内に溜まっていたのに便意を感じないでいたのは、緊張状態が続き気づかなかっただけだろうか。流水して一息つきウェットティッシュで手を拭いた後、巾着袋からコンビニで買ったレタスサンドを取り出し食べ始めた。野菜が入っている食べ物だと咀嚼音が外に漏れ易いが、僕はもう既に上級者であり、薄い壁を隔てただけの二室に人がいようとも、余裕でこの時間を満喫することができた。野菜のフレッシュな歯ごたえまでしっかりと味わえているのに、我ながら驚くほど咀嚼音を抑えられている。食べている間に、和式便所から一人出ていったのが音でわかった。

ケータイのブラウザからいつものサイトへ接続し、今日も指先で自社への破壊活動を行った。家にいる時は、こんなことはしない。あくまでも会社に拘束された時間内で行うのが愉快なのだ。山城という変人は、何を拠り所にして電信潰しという妄想にあれだけ情熱を注げるのだろうか。すると残る一人だった隣人も流水し出て行き、トイレ内はようやく僕一人になった。

水色の巾着袋から取り出したダッチワイフを膨らまし準備を整え、ケータイでアダルト動画を再生。ド派手にヤリ始めた。勤務時間中において、風船女のシリコン製ホールに怒張した男性自身を一突きする度、悪徳教材販売会社に泥を塗るようで、会社への背徳感、世間への善意が体内をかけめぐり異様な興奮に襲われる。誰もいないのをいいことに、動画の音量を一目盛上げた。絶頂の到来を予感した僕はダッチワイフの身体を壁のあちこちにぶつけまくりながら激しく腰を振り、射精するとそのまま乱暴にドアへ寄りかかった。合板や金属部品の軋む大きな音が響いたが、外には聴こえていないだろう。精液やローションで濡れた箇所をすべてトイレットペーパーで拭きとり、ダッチワイフの空気を数十秒かけて抜くと畳んで巾着袋へしまった。

身支度を整え個室の外に出て、凍りつく。三つあるうち真ん中の個室のドアが、閉まっていた。

僕が個室にいる間、二人の利用者が出ていったことは確かなはずだが、新たな利用者が訪れていたことには気づかなかった。自分の聴力を、すっかり信頼しきっていた。

聴かれた、のか？　奥の個室で僕が立てていた、一切合財の音を。心なしか、安っぽい香水の匂いを嗅いだような気がした。

昼休みが終わり社へ戻ると、上着を羽織った所長から声をかけられた。

「渡辺、ついて来い。いいもん見せてやるよ」

入社して一年半、内勤の僕が所長とどこかへ行くことや「いいもん見せて」くれるのも初めてで、警戒しつつも、非日常が訪れたようで好奇心も掻きたてられた。

＊

川崎営業所の社有車である漆黒のゼロ・クラウンを運転しているのはおそらく同営業所のベテラン営業さんで、後部座席右に座るウチの所長とよく話している。助手席に座ったまま僕は馬鹿みたいな愛想笑いを浮かべ続けた。やがて首都高に入り、いよいよどこに行くのか気になったが、余計な口は出せない。二人の間で会話が交わされているから別段気まずいわけでもなく、僕は時折頷いたりするだけで黙っていた。メーターは常に時速一三〇㎞を超えており、猛スピードでしばらく走った後、草加インターから下道に降りた。埼玉県まで、なんの用か？　ゴルフ大会でも開催されているのかと思ったが、やがて車は国道からも離れた倉庫だらけの一角で減速し、「(有)桃源郷企画」という地味な看板の掲げられた敷地内で停車した。武骨な外観の灰色倉庫の他に二階建てのプレハブがあり、そちらへ向かうのかと思ったが所長と営業さんは迷うことなく倉庫の方へと向かって行った。暗がりの中に何人かの足だけ先に見え、灰皿代わりのペール缶を中心とした即席の喫煙所にスーツ姿の人たちが十数人いた。ウチの所長をはじめ幹部っぽい人たちはデカい声で挨拶を交わしだし、僕のように下っ端っぽい数名は「お疲れ様です！」と無駄にハキハキした声で口にしあった。

「もう始まってますよ、永山所長。けっこう本気でやってますから、ぜひ見てきてください！」

長身の男がウチの所長を急《せ》かす。そのしわがれ声はたしか、大宮営業所の村内所長だった。倉庫の中には低層だが広めのプレハブがまたあり、着いたばかりの僕ら三人はその中へ入った。後ろ手で閉めようとしたドアが、重かった。軽音サークル時代に度々利用していた、音楽スタジオのドアもこんなだった。防音仕様か？　本能的にヤバさを感じ、尻ポケット内にあるマイクロテープレコーダーの録音ボタンを手探りで押した。ドアの前に白布のパーテーションがあり、布と壁に挟まれた通路を数歩行くと明るい空間が見渡せた。

三脚にセットされた数台のビデオカメラに、ラフな格好の人たち。それに、全裸の男が三人。最初、健康診断かと真面目に思った。三人のうち一人、若い茶髪の男は両腕を赤縄で縛られており、目を見開いたまま仰向けの格好でぐったりしている。ニスの効いた明るい木の床に白いマットレスが敷かれ、撮影用ライトでガンガンに照らされているものだからここは病院のようにクリーンな空間かと認識してしまいそうになるが、行われていることは、とんでもなく黒いことであろう。

「おお永山ちゃん、久しぶりぃ！」

青いつなぎを着たスキンヘッドの巨漢が所長に声をかけ、二人はしばらく話に興じていた。話し好きな人物のようで、固まっていた僕に「新人君？」と声をかけると、

「永山ちゃんからなんも聞いてなかった？　ひっどいなー、相変わらず！　うちはね、電信関連会社の桃源郷企画って会社で、ＡＶメーカーなの。四年くらい前から結構人気出てるから、名前くらい聞いたことあるっしょ？　桃源郷企画あるっしょ？　年頃の男子なんだからさ、観てないなんて言わせないよ！」

「ひょっとして、ちょっと前だと『カーセックスしてるバカップルを山に拉致っ

ちゃいました』とか出し……」

「そうそう！　なんだ観てんじゃん！　うちはさ、主に拉致系が得意だからさ。今日撮ってるのもシリーズもので、『実録！　泥酔したウブ・リーマンのアヌス掘っちゃいました3』っていうんだ」

「それにしても……あの男優さん、放心状態みたいですけど」

「ん？　あの子は、ほら、千葉営業所の金盗んだ元社員だよ。お仕置きがてら出演、みたいな？　裏の裏かいて本当に実録、みたいな？」

早口で喋り一人けらけら笑っていたかと思うと、中断されていた撮影が再開するようだった。僕は所長たちと端に寄り、二人の屈強な男優により手荒くマットレスへ運ばれた千葉の元社員から目が離せなかった。僕たちが到着する前からとっくに抵抗する気を消失していたのか、尻の穴に男優がペニスを突き刺し始めてもごくごく小さなうめき声しか発していない。

非人道的な現場が、まばゆいほどの光にさらされながら鮮明な映像として堂々と撮影されている。

いくら「実録！」「リアル！」「ガチンコ！」と銘打ったAVでも、そのすべてはフィクションだという前提のもと今まで大量の精子をティッシュにぶちまけてきた。平穏な日常からこんなにも近いところに、闇が転がっていたとは。激しい腰使いの末に男優が腸内で射精した後、一人残された元社員のもとへ他営業所の人たち一〇人ほどがスーツ姿のまま近付いた。一人が元社員の右太股を爪先で小突いたところで、監督からカットの指示がとんだ。

たまたまだろうが現場は変な静けさに包まれた。そして、ごく身近なところから聴こえてくる微かな機械音に気づいた。それが何であるか思い至り、身を固くした。

マイクロテープレコーダーの作動音。隣に立っていた所長が一歩横に離れ、斜め下に目を落とした。自分の尻に向けられた視線を、強烈に感じる。

僕のアヌスも、素材として狙われているのか？

それともやはり、尻ポケットの膨らみに、録音に気づかれたのか？

ぎこちなく足音を鳴らしたが、客観的に見れば不自然な動き。撮影はすぐにも再開される雰囲気で、一同は合図待ちで静寂を保ったまま。耳を澄ますとやはりレコーダーの機械音が聴こえるような気がした。悪行の証拠を集めるため持ち歩いているマイクロテープレコーダーの大きさ自体が仇となり、この身を危険に晒《さら》してしまっている。まだ所長の視線を感じたままで、どうにか誤魔化さなければならなかった。ふと、マットレスに横たわる年下の元社員と目があった。

「……に、見てんだ」

撮影が再開され、スーツ姿の社員たちがぞろぞろと緩慢なリンチを行い始めた。

「おいコラ！　なに見てんだこの野郎！　殺されてえのか！」

大声で言うや否や、僕もリンチの輪に飛び込み、うずくまる元社員の背を爪先で軽く蹴った。数人が驚いたような顔をしたが、彼らの罵倒の言葉はエスカレートし、僕は自然と輪の中から弾き出された。元の場所へ戻る際、目が合った所長から笑みを向けられた。

＊

朝礼後珍しく斎藤さんがどこかへ出かけ、所長は忙しそうにデスクへかじりついていた。午前中、フロアには人が少なく、部屋の反対側にいる数人のおばちゃんたちの声の他は、時折電話の着信音が鳴るだけだ。キーボードで数字を打ち込む音が耳につくほど静かではあるが、しかしながら数日前の撮影現場に流れた、一瞬の静寂なる時間ほどではない。座っている今、マイクロテープレコーダーは上着のポケットに入れてある。

あの日、あの現場へ連れて行かれた意味。近頃奇行が目立つ大卒社員への戒めと結論づけるには、自分にとってある意味都合が良すぎる気がした。帰りの車中でも所長は脅してくるわけでもなく、まるでオフの日に野球の試合でも観に行ったかのような柔らかい表情のままだった。

撮影終了後、痣だらけになっていた元社員の姿が目に浮かぶ。奇妙なことだった。非人道的な行いの証拠は会社の自発的意思により映像として記録されているというのに、市場に出回る商品を実際に買うであろう人々にとっては、「作りもの」でしかないのだ。

作りものではないという証拠の部分を、マイクロテープレコーダーはしっかりと記録していた。しかしテープには、僕の罵声まで入ってしまっている。結局のところ、自分は悪に加担したのか？　だがあの千葉営業所元社員は、五四万もの大金を持ち逃げしたのだ。彼があんな制裁を受ける理由は、ちゃんとあった。むしろ警察に突き出されなかった分、良かったのではないか。

ともかく僕自身をも犯罪者として定義づけてしまうかもしれないテープの他に、新たな証拠を揃えるしかなかった。忙しそうにしている所長は今さっきケータイで誰かとぶすっとした声色で話をしていて、巻き添えをくらい僕もなにかしら怒られるかもしれないなと思った。むしろ、怒ってくれたほうが、都合がいい。

仕事に取り組みつつしばらく思案し、なんとなく筋書きがまとまると席を立ち所長のデスクへ向かった。尻ポケットに入れ直したレコーダーの録音ボタンを手探りで押す。決心を固めたわけでもなく、気負う前に動かなければ実行せずに終わってしまいそうだった。

「すみません所長、まだ報告していなかったことがございまして、少々お時間よろしいですか？」

大判のスケジュール帳に目を走らせていた所長はゆったりとした動作で顔を上げ、先を促す。リンチに加わったという罪の意識を拭うためにも、罵倒されたかった。あんなアナルも交えたリンチは困るが、トイレで蹴られるくらいの暴力だったらむしろ望むところだった。

「このところ一日五件、教務の学生たちと一緒に電話応対の仕事をやらせてもらっていますが、数日前に一件、契約を更新させそびれました！　先日の柳瀬さんの件とは別件です。ミスしたあとすぐ所長にご報告申し上げればよかったのですが、私自身の中に甘えがあり、今日まで黙っておりました」

後半を一息に言ってしまうと、頭を深く下げた。いや、違う。なに、許しを乞《こ》おうとしているんだ？　所長よ、怒れ。暴力の音をこだまさせろ。

「まあ座れよ」

低い声で近くのＯＡチェアを指さされ、僕は深く腰掛けた。

「そうか、まだ迷いがあるみたいだな。しかし、あれだ、電話応対するようになってから、おまえも会社の業務に真摯な態度で取り組むようになったなと最近は感心してたよ。まあ、ちょっと前までできていなかったことを、すぐに全てこなせって言っても無理だよな。ミスはないほうがいいけど、それをちゃんと今こうして報告しに来たわけだから、社会人としてだいぶ成長したよ。ウチの営業たちはだいたいが半年くらいで辞めるから、部下が成長する姿ってなかなか見られないもので、正直嬉しい、俺は。もう一年半か？　渡辺自身は気づいてないかもしれないけど、おまえは良い社員として確実に成長してるよ、うん。その調子で頑張ってくれ。ついては、そのミスも河本とかに相談して、解決してみろ。それを乗り越えるとまた力がつくから。よろしくな」

地下鉄の駅に入り、家に帰るつもりでいたが飲み会帰りらしき数組の男女を車内で目にしているうちに下腹が疼《うず》いてきて、美彩子のマンションへ行くことにした。金曜夜の雰囲気に後押しされたとはいえ、最近、異様に性欲が溜まる。美彩子の上で何回果てても性欲で目が覚め、熟睡できない。会社のトイレで連日ダッチワイフと浮気しているのにもかかわらずだ。彼女にメールを送ると〈今ちょうど飲みの帰り。掃除して待ってるね☆チュ〉とやけにテンションの高い返信がすぐきた。酔っている。下心丸出しの男子大学生にしつこく介抱され、乳でも揉まれているんじゃないか。そう考えると酒臭い車両の中でイチモツがいきり勃ち、ズボン越しにアルミ製のドアを押した。

降車し、駅前で群れている酔っ払い学生たちを気持ち悪く思いながら、美彩子の住むマンションへ。インターホンを鳴らすと髪を濡らしたままの美彩子が長袖パジャマ姿で現れて、季節の移り変わりを感じた。彼女なら、結婚しても堕落しないだろうとその姿を見てふと思った。

風呂に入った後、ベッドの側面を背もたれにし二人でとりとめのないことを話していると、僕のケータイが鳴った。直樹からの電話着信だった。

今度の水曜に恵比寿で行われる軽音サークル後輩たちのライブを見に行かないかと誘われたが、開始時刻を訊くと一八時からで、行けるはずもなかった。時間的に、同期で行けるとしたら銀行に一般職として勤めている裕子くらいかもしれないが、あの女は音楽に興味などないから無理だろう。軽音サークル時代、Vネックのニット姿でやって来ては巨乳を誇示し、何人もの穴兄弟を作っていた。それだけが目的であったかのごとく。

「そっか、皆働いてるもんな。まあ気にしないでくれ。ところで会社無事に辞められそう?」

「うん、アドバイスを活かして、証拠は毎日少しずつ集めてるよ」

「さすが。でもナベさんの会社ネットで調べたりもしたけど、放っておいても行政処分くらいいそうじゃん?」

「まあね。ただ、常に最上を望み最悪に備えた計画を立てて動く必要がある。やるなら徹底的じゃないと。確実に自分の身を守るためにはね。ただ、まだ判断に迷うところもあって、今はまだ慎重になすべきことを遂行し続けるよ」

その後しばらくして話し終え、ケータイを折り畳んだ。誰から、と美彩子に訊かれ直樹だと告げる。ひた隠しにする必要もないだろうが、一応、彼女の耳を気にしながら直樹とは言葉を交わしていた。

「直樹さん、会社辞めちゃったしね。私のバイト先の社員さんも一人辞めちゃったし。なんか最近、そういうのばっかだ。長く続かないものなんだね。私だったらどんなに会社が嫌になっても、そこで最低三年は働きたいけどね。これって学生の世間知らずな考え？」

うん、と頷きかけたが適当に返事することに臆した。もちろん社会に出てからでないと見えなかった現実もあるが、今の美彩子と同じように自分が学生時代に抱いていた考えを、簡単に否定していいものか。どんな企業に就職しても三年は勤める。就活開始時は当たり前だった信条を捨て去ろうとしているのは実社会での経験に基づいた判断からなどではなく、一年半しか勤めていない若輩者の〝逃げ〟でしかないのではないか。その可能性も、否定できなかった。

「いや、学生だから甘いとか、そんなことはない。ただ社会人になると、学生だった頃より判断に迷うことが多々ある。マジでさ、実際、あんなクソ会社辞めちゃおうかな……と思ったりはする。口を開けば利益利益で、世間の人を騙してるみたいで……。上司に厳しいことを言われたりもするけど、ただ、それはちゃんと下を育てようとしてくれるからこそであって、真摯に向き合わなきゃな、とも思うし。耐えてみないと、わかんないのかもね。会社が悪どいことを時にはやっていても」

そこまで言って口をつぐんだ。美彩子の頭が僕の肩にもたれかかる。

「でも……悪って、仕方ないんじゃないの？　いくら世の中をクリーンにしようとしても、誰かがズルしようとするのは避けられないでしょ。どうせ悪が世間に在り続けるなら、そこに誰が充《あ》てこまれても同じ。ただの役割……みたいな？　丈ちゃんがそこまで悩む必要はないと思う」

美彩子のしっとりとした口調。身体の奥がたちまち緊張したのを彼女に悟られないよう、全然良さのわからないネイルアートをぺらぺらと褒《ほ》め称《たた》えた。

二回目を終え美彩子がまどろみ始めた時だった。こんな時間がずっと続けば良いのにと月並みなことを思いながら無理に眠ろうとしていると、僕のケータイが鳴った。カーペットの上に置いてあったそれに手を伸ばす。〇九〇で始まる未登録の番号からの電話着信だった。午後一一時四五分に、誰がなんの用件だ。

「もしもし、山城です。渡辺さん？　わかる？」

声量調整のまるでなっていない張った声。酔っていることはその一声で理解できた。周囲の話し声、なにかが爆《は》ぜる音。焼鳥屋にでもいるのか。

「ええ……って、なんでこの番号知ってるんですか？」

「そんなのあんたおまえ、電信潰そうとしてるくらいなんだからそれくらいの情報は把握してるって」

電話をかけてくる酔っ払いの目的は限られている。あまり絡まれないよう言葉少なに受け答えしていると、

「今ね、新大久保で飲んでいるんですけどね、渡辺さんも、来なさいよ」

寝かけていた美彩子が目を開けたのでベッドから離れ、玄関まで歩きながら今いる場所を説明して断ろうとした。

「だったら、あれだ、新宿で降りればいい。新大久保と言ってもほとんど歌舞伎町だから。来ないと、あれだ、電信に、チクりますよ？　なんてね」

冗談もたいがいにしろ、だが酔っている山城が万に一つでも僕の隠密行動の事実を電信に告げたら、冗談では済まない処分が埼玉の倉庫で行われるだろう。上司に呼び出されたと美彩子に告げると彼女は悲しむ素振りをふざけ半分で見せたが、

「気をつけてね」

という息交じりの声に熱い情を感じ、この愛しい時間を奪う山城を恨んだ。

新宿で降り、湿った空気を縫うようにして靖国通りを渡る。美彩子は長袖パジ

ヤマを着ていたが男の体感ではまだ暑いくらいの陽気で、汗で流れたワックスで額をテカらせたホストや風俗店のネオンを目にしているうち、余計に暑く感じてきた。風俗店街、ラブホテル街を抜け北へさらに進むと人の密度は少し減ったものの、読めない漢字やハングルの看板が増えた。そんな一角に、指定された焼肉屋はあった。さすがにピークは過ぎたようで客は少なく、窓に面した四人掛けのボックス席に山城は一人で座っていた。

「来ましたよ……こんな時間まで、一人で飲んで」

正面に座ると気づいた山城が赤らんだ顔の口角を上げ、僕をじろじろ見てくる。美彩子の部屋で身に纏《まと》った迷彩パンツとポロシャツという格好が、そんなに珍しいのだろうか。

「あ、渡辺さん？　どうしたの、急に」

「……あなたが、呼んだんでしょうが」

スラックスに綿地のよれたワイシャツといういでたちの山城は仕事帰りなのかオフ日だったのかもはっきりしない。

「渡辺さん、あなた、やっぱ甘いよ、うん。渡してくれた資料が、甘い。足りないんですよ、もっと、営業連中を地に落とすような証拠がなきゃ。ファックスのコピーだけじゃなくて、それぞれのパソコンに入ってる文書ファイルとか、流さないと。じゃなきゃ、河本も落ちないよ」

「河本さん？　個人に目をつけても、会社は落ちないでしょう」

「だからさ、立ち入り調査は入るんだよ、何もしなくても。消費者庁の職員に知り合いがいて、教えてもらった。たしか六日後だ。だけど、それに関して資料は関係ない。どうせ立ち入り調査の時に色々見つかって、営業停止処分だろう。もう嗅ぎつけた信販が電信から手を引こうとしているとも聴いたよ。もっとも、また形だけ変えてしつこくやり直すのかもしれんが。ただ、河本を潰すには、必要だ」

初対面の時から妄想癖を感じさせた男の原動力を、ようやく垣間《かいま》見ることができた。

「河本さんと、なんかあったの？」

山城は追加注文したボトルの焼酎を少しだけ僕にも分けるとほとんど自分一人で飲みながら、勝手に語った。勤めていた自動車部品メーカーが潰れ、部下だった河本さんを誘い電信へ入社したこと。前の会社で付き合っていたつもりの事務の女が、いつの間にか河本さんと結婚していたこと。知った時には、一歳になる子供までいたこと。そのすべてが、山城当人以外にとってはありふれたくだらぬ話で、僕は山城による河本さんへの呪詛《じゅそ》を耳にしながら、すべてが早く終わればいいと思った。始発電車が出るまで、あと三時間ある。あんた、それ、ありふれた日常だよ。面白くもない。小声で呟いてみるも、本人は気づきもせず喋り続けた。それを遮り、

「山城さんさ、自分の能力のなさを棚に上げて不幸の原因を辞めた会社や河本さんにおしつけて、情けなくないの？　そんな変なことばっかしてると、そのうち埼玉に連れて行かれるよ？」

黙りこくった山城が、赤黒くなった頭部を見せるようにうなだれた。そして目を瞑《つむ》ったまま口を開いた。

「埼玉……連れて行かれたか。痛かったか？　俺の時も散々だった。だけど一緒にいた男のほうが若くて、俺は三八だったし、そいつばっか攻められてた。一昨日の新聞、読んだか？」

嘘だろう……。驚きはしたが、「一昨日の新聞」の意味まではわからなかった。

「森口ナントカ……千葉の社員、金盗んだ彼、いたろ？　四日前、佐倉で轢《ひ》き逃げに遭ってる。重体だと」

適当に流す素振りをしつつ、ケータイでネットに接続しニュース検索を行った。佐倉、森口大和（二〇）、重体。本当だった。しかし、理性の部分ではそれを認められない。席に面した窓の外でタクシーのプリウスが停車し、じっと見ているとハザードの点滅が網膜に焼きつけられる。

出入口ドアの鈴が鳴り、一瞬目を向けてしまう。そして暗がりとハザードの残像の中に、知った顔を見た気がした。二度見すると、筋骨隆々の巨体をチノパンとワイシャツに包んだスキンヘッドの男性が——河本さんがいた。数組の客がいる店内を見回した河本さんと、目が合った。さすがに驚いた表情をしていて、すぐにボックス席へ寄って来て僕の隣に座った。

「渡辺さん、どうしたんですか、こんなところに！」

「いやいや、河本さんこそ、どうしてまた」

「……河本？　お……まえ」

笑って目尻を細くしている河本さんに、山城から呼び出された旨を話すと河本さんも同じだと述べた。

「呼んだのか？　俺が」

「いやはや、相変わらず困った人ですねー、山城さんも。まだこの店来てたんですか。渡辺さんみたいに優秀な方までこんな場末に呼んじゃだめですよ。ほら、まだお若く色々なご予定があるでしょうに……どうもお疲れ様です渡辺さん。お住まいは町屋でしたっけ？　元上司の無礼をお詫びして、タクシー代お出ししますんで今夜はもうお休み下さい」

申し訳なさそうに言う河本さんの手もとで安っぽい合皮の財布が開かれ、中から綺麗な万札を一枚抜き取ると渡してきた。

「いや、いいですよ、始発電車待ちますんで」

「まあまあ、受け取ってください。ナンバーワンになって、多少稼ぎも増えたので。ひょっとして明日、土曜出社ですか？　なおさら、もう帰られたほうがいいですよ」

お言葉に甘えるというより、終始笑顔で一貫した主張をしてくる河本さんに、逆らわない方がいいような気がした。河本さんだけにお礼を述べ、店を出た。店内の窓から見えない位置まで移動し、自動販売機でコーラを買い一息つく。考えなければならないことが、沢山あった。ゆっくりと走るタクシーが見えたので手を挙げると、僕の横の路駐している車が邪魔なのか店の前で停車した。店前まで数歩戻り、礼の挨拶をするため窓越しに店内を覗くと、真顔の河本さんが腕を組んだまま山城を見据えていた。俯《うつむ》いた山城の身体は貧相さを増している。すぐに目を逸らしタクシーへ乗り、目的地を運転手へ告げる。そういえば河本さんは、僕と山城が一緒にいる理由を訊いてこなかった。

＊

目覚めたのは七時半だった。ここへ戻って来て美彩子と一発かましてから眠りについたのが午前四時前だったから、四時間弱しか眠っていない。だが二度寝してしまえば土曜の出勤時刻である一〇時に遅れてしまいそうな気がしたし、今日はこなすべきことがあった。まだ寝ている美彩子に断りをいれ具なしの冷凍うどんだけ食べると、部屋を出た。

まったく便意を覚えなかったため駅ビルのトイレを素通りし、そのまま会社へ。所長も斎藤さんも休みで、ノルマを達成していない営業さんたちだけが今日は出社している。平日に契約をとりつけられなかった人たちが、父親在宅率の高い土曜に訪問販売を行おうとしても、無理がある。しかし、会社に尽くすという態度を見せることが大事なのだ。まだ二年目の僕も、暗黙の了解で出社していた。一〇時に出社した一同は挨拶を交わしIDカードをカードリーダーへ通すと、それぞれの持ち場へ向かって行った。他に誰もいなくなったオフィスで僕は自分の仕事に取りかかり、午後二時に昼食を摂りに外へ出たもののほとんどの飲食店は閉まっており、結局コンビニ弁当で済ませた。すぐにでも眠くなるかと思ったが、不思議とそうはならない。

営業さんたちが数度戻っては再び出て行ったきりで、オフィスには誰もいない。ここ最近、無駄に居残ってまで遅くに行っていた退勤処理を、早々と済ませた。

教務の大学生たちが利用する楕円形のデスクにつき、分厚い会員名簿を三冊抜き出す。まずは自分が電話応対した中で、退会したそうな雰囲気だった会員宅を選び抜き、電話をかけた。

「はい、野村です」

男の声だった。幸先が良い。

「私、電信教育センターの者ですが、毎度お世話になっております。先週ですね、梨花《りか》ちゃんから弊社教材へのご質問をいただいていたんですが、答えが保留のままだった問題がありまして。梨花ちゃん、いらっしゃいますか？」

「はい？　あの、学校の方ですか？」

「いえ違います、去年の六月に、四教科二年分、一六八万円の教材を購入していただきました、電信教育センターです。話通じないなら、とっとと梨花ちゃん出してもらえませんか？　忙しいんですよ、こっちも」

そんな調子で僕は「父親在宅の可能性が高い危ない時間帯」に順次、会員宅へ電話をかけていった。母親が出た際は子供にかわってもらった後、頼んで父親に取り次いでもらった。激した父親が長広舌をふるいだしたりと面倒な展開になったらすぐに電話を切り、一件当たり五分ほどの所要時間で処理していった。平日ではなく土曜に電話してきたことに困惑し、電話の向こうで泣き出す母親もいた。夫にバレたら家にいられなくなると愚痴をこぼし始めたところで散々罵倒しすぐに切った。誰かがオフィスに戻って来た時は他の営業所の人と通話しているふうを装い、そうすると電話の相手は茶化されていると勘違いし、余計に怒った。名簿三冊分の会員宅に電話し終えた時、壁時計の針は午後四時四三分を指していた。

この二時間だけでも、あらゆる会員宅の父親が、気づかぬ間に家計を食い物にしていた電信教育センターの存在を知ったことになる。折り返しの電話が何件かあったが、わざと無言でとおした後に受話器を置いた。

昨日沸かした健康茶を飲んだ後、柳瀬浩一宅へ電話をかけた。

作ったような、鼻につく声。母親の、佐藤志穂の声を聴いたのは初めてだった。柳瀬浩一くんにかわってほしい旨伝えると何の疑いもせず浩一くんにかわった。

「はい……柳瀬です」

鼻づまりが酷いらしく、口呼吸の音が伝わってくる。

「柳瀬くんこんにちは。電信教育センターの遠藤と申します。お父さんに、かわってもらっていいかな？」

「え……おとう、父に？」

「そうだよ。教材、全部終えたんだろ？　契約の話するからさっさとかわれよ」

話しているうち、それまで聴こえていたテレビの音がしなくなり、父親はそう離れていない場所から電話に注意をむけているのがわかる。無言になった浩一くんのかわりに、「はい」とえらくしわがれた声が聴こえた。僕の名刺を渡したこともある柳瀬久芳氏は、声だけ聴くと、実際に会った時以上に年輪の厚みを感じさせる。

「どうも、電信教育センターの遠藤と申します。毎度どうも。ところで新しい教材の購入手続きについてお話しさせていただきたいんですが」

「はい佐藤です」

「あんた……あれか。娘が、入会した、あれか」

娘。僕が今話しているのは佐藤志穂の父親、浩一くんにとっての祖父か。

「今度、ウチに接触してみろ！　全部記録して、出るとこ出てやるぞ！　私はな、政府系金融機関にいたんだ、舐めるな、このヤクザもんが！」

凄い剣幕。自分の性根の部分まで非難されているようで、臆した。丹田が重いこの感じはそれかとも思うが、ただ単に寝不足時特有のだるさかもしれない。

「はぁ？　記録？　ハッタリかましてんじゃねえぞ爺さん」

露悪的な態度でそう言うと一瞬受話器からノイズが聴こえ、さっきまでの剣幕が鳴りをひそめた。切れたか、と思ったが相手の吐息が聴こえたのでそのまま続けた。

「ところで、新しい教材、契約していただけますよね？　四教科分、応用編特進クラスＶＩＰ契約セットだと割引適用で一四〇万円にまで抑えられるんですよ。ウチは元教職関係者が多数在籍しておりますので、そこらの塾よりよほど信頼できるカリキュラムとなっておりますし、どこかに通うよりよほど手間も省けます。分割でお支払いいただければ、月々のお支払いは保険代より安くなりますよ。なんなら、佐藤さまの生命保険でも解約して、未来あるお孫さんのために充ててやってくださいよ」

「いや、ちょっ、すみません、無理ですよ……」

相手は何かを演じ始めている。しかし声から怒りを隠せてはいない。その狡猾《こうかつ》さに、自分と妙に通じ合うものを感じた。

「いい加減にしろこの死に損ないの爺さんがよ！　いいから契約すりゃいいんだよ、ああ？　腎臓でもなんでも売り飛ばして、孫のために金用意してやれ、ゴラ！　今さら辞めようとしても、中途退会料一〇〇万かかるんだからな、どちらをとるにしても、金用意しろ、なあ、爺さん？　できるよな、爺さん？　返事聴こえないよ、爺さん？」

勢いが続かなくなりそうになったところで、向こうにも聴こえるように受話器を本体フックに叩きつけた。

＊

長いエスカレーターを足早に上る男を、右側から追い抜く。改札を抜け左に曲がった際、早歩きする白い調理服姿のパン屋を前方に捉え、僕はもう走り出した。

横目で僕の姿を確認したようだがすでに勝負はついていて、追いかけようともしてこない。男子トイレの個室は二つあるうち手前側が空き、出てきた男と入れ替わりに中へ入った。尻を出しながら、追随者たちの足音に耳を澄ます。出入口まで来て引き返す人、個室の前で待つ人、仕方なく小便だけして去る人。彼らのためにも早く出して替わってやりたいが、今日は調子が悪い。あまり出ない、と思っていると太いしっかりしたのが出てきたり、びちびちしたのが出てきたり。止んだと思っても、奥のほうに便意を感じた。

隣の個室から流水音がして、人が入れ替わったと思ったら英語の発音が聴こえた。順番からして、まさかパン屋が英語練習男なのか？　もしくは、エスカレーターで追い抜いた長身のニット帽男がそうなのだろうか？　やがて洗面台のほうからドライヤーの音が聴こえ、感傷的な気分にすらなる。山城の言っていたことが本当なら、今日、電信に立ち入り調査が入る。数時間後、スーツ姿の男たちにより電信は裸にされるのだ。毎朝八時にここへ来るという身体に染みついた習慣も、永遠には続かないのだと今初めて考えることができた。

ようやく排泄し終え、尻を拭くためトイレットペーパーを引いた。だが二センチで切れた。鞄の中を見てもティッシュなど入っていない。

「バダイキャントゥビリーブユー、ソー、イフユー……」

「ギヴミーペーパー」

隣の壁に向かい言ってみると、練習男の声が少し小さくなった。

「紙くれます？」

壁をノックしながら言うと、声がしなくなった。

「来週錦糸町？」

なお話しかけても英語練習男からの反応は皆無で、洗面台のほうで鳴っていたドライヤーの音まで消えた。仕方なく、筒状になっている芯紙を糊づけ面にそって剝がし、広げる。それで肛門を拭く感触は違和感だらけで、普通のペーパーの柔らかさが愛おしい。拭き終えた芯紙をそのままウンコと一緒に流した。ズボンを穿き外に出ようとした際、水流に乗りぐるぐる回る自分のウンコが目に入った。硬い芯紙が奥の方で詰まったらしく、水面がどんどんと上昇してきた。ウンコの混ざった茶色い水の中には何故か、消しゴムまで混じっている。もう少しで、便座に達するところまできていた。

昨夜から今朝にかけて、ようやく情報がまわってきたらしい。出社すると既に、立ち入り調査に備えた証拠隠滅作業が始められていた。予想通りだ。昨日の夕方からずっと電源をオフにしていたケータイを久々に起動させてみると、会社や他の社員たちからの不在着信が何件も入っていた。続々と集まる社員たちに対し険しい表情で指示を与えている所長は僕にも事情を説明し、経理としてやるべきことを指示してきた。昨夜から今朝にかけて電話連絡がつかなかったことなど、もうどうでもいいらしい。

「掴まれたらマズい証拠は、すべて消すか改竄《かいざん》しろ。いいか渡辺、この危機を乗り越えるんだ。いつかは幹部になる大卒のおまえが、今日一日、冷静に動いてくれなきゃ困る。一緒に、会社を守るぞ」

朝礼もないまま作業が行われた。書類という書類が段ボールに入れられ運ばれるその雑然とした様子は、白黒映画で観たユダヤ人ゲットー襲撃場面を思わせる。僕はパソコンに向かうもデータの改竄や消去なども一切行わず、入社して二ヵ月しか経っていない営業さんからやるべきことの指示を乞われた。一年半しか勤めていない二四歳の僕でも、人員が入れ替わってばかりいるこの職場ではベテランとされているのかもしれなかった。一緒になって適当な書類を選び、三〇代半ばの新人君と段ボールを抱え駐車場まで向かった。所長の黄色いフェラーリの中は既に段ボールが山積みで、社有車のＹ34グロリア後期型に続々と詰め込まれていた。いくら大型のセダン車といえども容量に限界がある。そうこうするうちに会社の幹部らしき人たちが数人やって来て所長、それに河本さんと共にどこかへ行ってしまい、斎藤さんを中心にまだ証拠隠滅作業中だった一一時前、立ち入り調査の人々がやってきた。

それからはもう、仕事のしようがなかった。スーツ姿の男たちはやるべきことを心得ていて、ほとんど不意打ちをくらった状態の僕らはなにをすべきかわからなかった。やがて営業さんたちがぽつぽつと外へ出かけて行き、いつものように営業をこなしに行ったのかと僕は思ったが、こんな日に通常通りの業務を行うわけがない。どさくさにまぎれ、荷物をまとめ会社から出た。

出発が遅れたようで、駐車場ではグロリアから書類が押収されている最中だった。黄色いフェラーリだけはなくなっていて、今頃所長たちはどこにいるのか、見当もつかない。ちょうど正午になるところで、電話で直樹を食事に誘ったが今日は自宅で勉強中だという。昼飯を奢らせようと山城にも電話をかけたが、「電源が切られているか電波の通じないところに」いるという。新大久保で会ったのが最後だ。

真昼間にいったん自宅へ戻り、使えそうなテープや書類を選別し、最上を望み最悪に備えて労働基準監督署へ行って来た。対応してくれた初老の職員によると僕が提出した証拠は充分過ぎるほどで、今日行われた電信への立ち入り調査もふまえ、たとえ会社が認めなくともハローワークへ行けば間違いなく「会社都合」退社だと認定されるという。

美彩子のマンションへと向かう混み始めの電車内でネクタイを外し、〈会社都合勝ち取ったぜ！〉とだけ打ったメールを直樹へ送信した。すぐに〈その経験で新書書けるな（笑）〉と返信があった。

平日の夕方なんていう、これまでの僕らがあまり共有できていなかった時間帯に会えたことが美彩子には嬉しいらしく、外がまだ暗くなりきっていないのにもかかわらずお互いの性器を交え、すぐに果てた。

「あ、お米切らしちゃってるんだ」

タオルケットで上半身を隠したままそう言った美彩子の家庭的な面が愛しく、また一発交えた。終えてから外へ食べにいかないかと誘ったが、窓の外ではいつの間にか小雨が降りだしていた。

「弁当頼もうよ」

観る気もないテレビを点《つ》けっぱなしにしながら、美彩子の話につきあった。最近、お酒飲むとプードルが見える。丈ちゃんは見えない？　見えないって。危ないよ、それ。そうか、私だけか。ところで丈ちゃん、香水つけてる？　つけてないって。そうか、なんか安物っぽい甘い香りがするんだけどな。やがて弁当屋の配達が来て、スウェットに着替えた僕が応対した。

このワンルームで弁当を食べるのは、初めてかもしれなかった。

「なんか静かだね。どうしたの？」

美彩子に指摘され、自分が咀嚼音を抑えながら食していたことに気づいた。意識するとクチャクチャ音がしてしまい、どう食べれば普通になるのか、よくわからない。

『続いてです。悪質な訪問販売にはご注意ください』

訳有り激安食品特集が終わるとニュースコーナーに移り、女性アナウンサーによるコメント後、またすぐ画面はＶＴＲに切り替わった。

『……契約していただけますよね？　四教科分、応用編特進クラスＶＩＰ契約セットだと割引適用で一四〇万円にまで抑えられるんですよ。ウチは元教職関係者が多数在籍しておりますので、そこらの塾よりよほど信頼できるカリキュラムとなっておりますし、どこかに通うよりよほど手間も省けます。分割でお支払いいただければ、月々のお支払いは保険代より安くなりますよ。なんなら、＊＊さまの生命保険でも解約して、未来あるお孫さんのために充ててやってくださいよ』

暗闇の中でスポットライトを当てられたテープレコーダーから、ノイズ交じりの声が再生された。

『虚偽の説明により高額な教材を買うよう勧誘したとして、消費者庁は今日午前、東京都に本社を構える教材販売会社「電信教育センター」に対し、立ち入り調査を行った』

映像の中では、雑居ビルから段ボールを持って出てくるスーツ姿の男たちがきびきびと行動している。正午少し前に撮られたらしく、白いビルの表面は輝いて見える。

『主に小学生の親を対象にし、電信教育センターは訪問販売を行い、一件あたり平均額一五六万円の教材を言葉巧みに売り上げていた』

男性ナレーターの厳かな声が、その後、被害者だという女性の声が液晶テレビのスピーカーから流れてくる。

「なんで騙されちゃうのかね、今時」

美彩子が呆れたように呟き、少し遅れて僕は「うん」と反応した。ナレーションがまた入ったかと思うと、今度はさっきのテープの続きが、もったいぶったように流される。

『いい加減にしろこの死に損ないの爺さんがよ！　いいから契約すりゃいいんだよ、あぁ？　腎臓でもなんでも売り飛ばして、孫のために金用意してやれ、ゴラ！　今さら辞めようとしても、中途退会料一〇〇万かかるんだからな、どちらをとるにしても、金用意しろ、なあ、爺さん？　できるよな、爺さん？　返事聴こえないよ、爺さん？』

僕は首だけ起こしたままベッドの中で足裏の皮をめくった。美彩子にバレないようそれをティッシュにくるみ、テレビ台の脇にあるゴミ箱へと投げ入れる。美彩子の目はテレビに向いているも一瞬だけどこに焦点が合っているのかわからなくなり、やがて肩を寄せてきた。

「お金で買えると思っている人がいるんだから、仕方ないよね」

思えば彼女はまだ一度も、今日僕が夕方から会えるようになった理由を訊いてきていない。

「ああ、明後日もアナウンサーの面接だ、どうしよー。まあ記念受験のつもりではあるけど、慣れてないし緊張する。非通知番号から電話かかってくる度、次の選考の案内かと思ってドキドキするし」

「受かるよ、美彩子なら。大丈夫」

「どうかな。丈ちゃんも、一緒に受ける？」

「じゃあ、そうしちゃおうかな！」

　肩を抱き寄せると、弁当の空容器が散らかったローテーブル上で僕のケータイがバイブした。非通知番号からの電話着信で、カーペットの上に置き無視する。食事により腸の蠕動運動が活発化したのか、便意を催した僕は美彩子に断りを入れてトイレへ向かった。

荒野のサクセス

奇妙なほど視界がぼやける。大通り沿いで連なるように並ぶビルのシャッターがどれも光を強く反射していて、出てきたばかりの地下と地上の光量差に目が慣れていないからかもしれない。そう納得しながら歩いているサカタの口からあくびが出てきて、目が涙に濡れた後、視界は途端に鮮明になった。単に装着していたソフトコンタクトレンズがズレていただけというわけだ。

良好な視力を得るために毎朝、目の上に異物をのせなければいけないという面倒臭さ。否、真に面倒なのは、格好つけてメガネをかけようとしない、自意識のほうだろう。サカタは自覚していた。しかし職場の雰囲気柄、外見だけでも野性的である事が望ましいし、いつしかキタキ・メグの語っていた理想の男性像へ近づくためにも、メガネなどかけている場合ではなかった。それにコンタクトレンズ装着の煩わしさなど、髪型を整える手間と比べれば無いようなものだ。

地下鉄駅から一〇分ほど歩き、大通り沿いの飯屋が並ぶ一角を曲がると築年数の古いビルが視界いっぱいに現れ、そのうちの一棟にサカタは足を踏み入れる。既に上階から一階へ下りはじめていたエレベーターの扉の前で左脇に避けたものの、開いた扉の向こうには誰もいなかった。四階の第二編集部へ上る。午前八時一〇分。グラビア誌の編集部で、こんな早い時間から出社しているのはサカタの他にいなかった。だがニューヨーク流のビジネススタンダードを習得しているサカタは、朝の時間を大切にしていた。インスタントコーヒーをいれ、自宅から持ってきた日経新聞に目を通す。何かアイディアが浮かべば、すかさずタッチパネル式ケータイにメモした。

「サカタさん、アオガクのタナカくんが、また変なアクセ送ってきましたよ。長文の手紙まで添えて。きったない字ですけど、サカタさん宛てみたいなんで、一応読んでおいてください」

一〇時前、入社一年目のアキオが挨拶もそぞろに、定形外の封筒をサカタに手渡した。マジックで書かれた乱雑な宛先の文字、そして乱雑に開封された跡。

「おまえ、俺宛ての封筒、なに勝手に開けてんだよ、ああ？」

「だって、差出人はタナカくんですよ？　サカタさん、いつもろくに相手してないじゃないですか、だから学習して、昨夜先にチェックしたんですよ。いつもサカタさんおっしゃっているじゃないですか、成功者になるためには言われたことだけをやっていては駄目だ、って」

サカタは成功を摑《つか》むべく、ビジネス新書を日々読み漁っていた。誰がどの本で述べていた格言かも思い出せぬが、自分が共感した言葉をたかが二二歳のガキに馬鹿にされたようで、苛《いら》ついた。

「アキオ、おまえ、先を見通した末の行動と勝手な行動を、はき違えるなよ？いいか、大学でなに教わったか知らないけどな、どんな世界でも一流とされる人たちの行動には共通点があるんだからな、自分も成功者になりたければちょっとは考えろ。つまらないミスはするな」

出社してすぐ言うにはいささか説教じみた内容だが、言うべき時に言うのが筋だろう。サカタが先輩社員らしくふるまうと、本心からかどうかはわからぬがアキオはキャップを被ったままの頭を下げた。

「いいか、いつもはくだらん物ばっか送ってくるタナカくんも、ひょっとしたらビジネスチャンスに繋《つな》がる何かを送ってくるかもしれないだろう。それに対しこっちサイドがフォーカスしてやれば、雑誌で目にした読者にウケて、彼とウチが両方得をするかもしれない、まさにウィン・ウィンの関係だ。いいか、新卒社員として自分が何をするべきか、情報を整理して、問題や課題を可視化するんだよ。大学なんていう大層な学府で、なに習ってきたんだ？　商学部だろ？」

「すんません……気をつけます。ウィン・ウィンとか整理とか可視化とかも、いつも心がけるようにします」

つい半年前まで大学生だったアキオは、黒いセットアップ・ジャージという格好。担当雑誌のカラーに合わせているつもりだろうが、もう半分自堕落になっているということに、本人は気づいているのだろうか。

やがて一〇時過ぎになってぞろぞろと、編集部員たちが狭いオフィスに出社してきた。サカタは先輩社員に対しては歯切れの良い挨拶をし、後輩社員やアルバイトに対しては、

「先輩社員の俺より遅いなんてどういうことだよ」

と毎度のことながら小言を言った。ヤング男性向けファッション誌『メンズアウトロー』編集部の平均年齢は零細出版社の中でもかなり低く、もうすぐ三〇歳の誕生日を迎えようとしているサカタは、八人中、上から三番目のポストについていた。

高校卒業後、なんの取り柄もないままただ何かを摑みたくて岩手から上京、上野のキャバクラでボーイとして五年間ゴミのように扱われていたという最低の境遇から、アルバイト編集部員を経てなんとかここまで這《は》い上がってきた。今や渋谷を中心としたストリートでは『メンズアウトロー』の提唱するファッションであふれかえっていた。

学もない自分が、今では渋谷の、いや、東京のストリート文化を作っている。サカタにとって、自分の仕事は誉《ほま》れ高きものであった。いつも心に、バグジーがいた。ティーンエイジャーの頃から、あの映画だけは繰り返し観続けてきた。砂漠に造られたラスベガスで成り上がっていった一人の男の生き様に、己を重ね合わせる。

「サカタさん、明後日の仙台ロケ、ゴローくんが行けなくなっちゃったみたいで……」

慌てたように報告してきたアルバイト編集部員キタキ・メグの顔の前に、サカタは人差し指一本をつき立てた。

「オーケーオーケー、慌てるな。まず、誌上でのゴローの立ち位置を考えてみな。彼と同じ市場価値をもつ他の読モをそこに充《あ》てれば、なにも問題はなくなるはず。

それがわかったら、即アポイントメントをとるんだ。ビジネスは迅速に」

「はい！」

アドバイスを受けるや否やすぐさま自分のデスクに戻るメグから視線を外すと、何故だか笑いを押し殺している様子のアキオの姿が目に留まった。近頃の若者のことは、よくわからない。サカタは「ゆとり世代の連中との接し方を教授してくれる本と出合う必要がある」とケータイのヴォイスメモに吹きこんだ。

＊

高速道路を走るバスの中、サカタは荷棚からトートバッグを取るため立ち上がった。後ろの席に座る五人のモデルたちは全員寝ていて、歌舞伎町現役ホストで唯一の専属モデルでもあるレイジは、どんな表情でも男惚れするほど様になるが、ノーメイクの読者モデル四人は、そこらにいるガキとなんら変わらなかった。コウとユウセイは口を開けている始末。

時代を担うファッション誌とはいえ、雑誌のカラー上、とりたてて容姿の優れているモデルを他誌のように起用する必要はない。とりあえずワックス等で毛束の無数に作られた長髪で肌が黒ければ、素人がモデルでもかまわなかった。ワルを前面に押し出し、アクセントとして女性らしい小物でも添えれば、『メンズアウトロー』のコンセプトにぴったりはまる。極端な話、モード系ファッション誌で紹介されるような服でも色黒盛髪《いろぐろもりがみ》の彼らが着てしまえば、『メンズアウトロー』のカラーに染まってしまうのだった。

服を食ってしまうほどの、着る者たちの気迫。毎月雑誌の発行を心待ちにしている全国の読者たちにも宿るそのスピリットを養うべく、サカタは今日の撮影準備にも余念がない。窓から景色を眺めるなどというなんの足しにもならない時間の過ごし方は一切せず、トートバッグから取り出したウイダーinゼリーを吸いながら、タッチパネル式ケータイで現地の天気を確認した。続いてPC用メールアカウントに届いたメールのチェック、それらに対する迅速な返信を済ませると、サカタは編集部員ブログの更新に取り掛かった。

ふぅ〜

(^o^)v オス

オラ悟空！

……

じゃなくて本当はカズキ！

あれれ？（笑）

今ぼくちんはバスの中。

行き先はどこかって？？

☆仙台駅前☆

（*^□^*）

●告知○

今日の正午から午後4時まで

ストリートスナップ撮影会だからね～

家の中にいないで、ジモピーやそうじゃない人もみんな集合だよ（ガチで！）

ちなみに筋肉痛がマジヤバイ（泣）

それにしても…

みんなの寝顔、カワイイでしょ！

眠ったままでいる五人のモデルたちの寝顔をカメラ機能で撮影し、最後にそれを記事中に添付、更新作業が完了した。続けざまにサカタは、動画投稿サイトへアクセスし、世界各国のオモシロ映像を観続けた。多くのオモシロを知っておけば、ビジネス上で初対面の人と会っても、話題に事欠かない。

＊

駅へ八時四分着の電車から降り、長いエスカレーターの手すりに体重をかける。昨日が担当雑誌の校了日ということもあり、サカタは連日のように終電で帰宅していた。二〇代半ばまではほとんど寝なくてもどうにかなっていたものだが、最近は帰宅後、なによりも睡眠を優先させていた。

エスカレーターの右側を、何人かの男たちが半ば駆け足で上ってゆく。朝から元気なことだと、サカタは毎朝感心していた。エスカレーター・ラン、ニューヨーカーたちを見習い健康のために自分も始めてみようかと一瞬思うも、先の尖《とが》った硬いエナメルシューズで走り出せば、やがて腰に痺《しび》れるような痛みがやってくる。それに、黒のテーラードジャケットにも皺《しわ》が寄ってしまう。

サカタは改札を抜け左へ曲がり、駅ビルの地下へ入る。通路沿いに並ぶ飲食店はパン屋以外、シャッターが下ろされたままだ。男性用トイレへ足を踏み入れると、真っ先に洗面台の一つに陣取った。トートバッグの中からヘアワックスの小瓶とセットスプレー、それに小型ドライヤーを取り出し、サカタは髪型を整え始めた。

二つある個室は共に埋まっていて、その前で二人の男が順番待ちしている。今時珍しい学ラン姿の高校生と、短髪のまだ若いサラリーマン。毎朝のように見る顔ぶれだった。高校生の方は貧乏ゆすりを始めたりケータイで時刻を確認したりしているが、サラリーマンの方は妙に落ち着いている、というより、変に余裕ぶっている。顔の造形はかなり異なるものの、どこかに残る幼さが、入社半年のアキオと似ている。鏡越しに若いサラリーマンと目が合い、サカタは目線を戻す。

ぺちゃんこの髪を下地剤である程度盛り上げ、毛束の先端や頭頂部分に強力なワックスをごく少量つける。ドライヤーで数分間形を整え最後にスプレーで仕上げた頃には、高校生も若いサラリーマンも個室の前からいなくなっていた。

アルバイト編集部員、キタキ・メグを従えての撮影会は、一三時から予定通り始まった。

渋谷や千駄ヶ谷で毎月行うメインのストリートスナップ撮影会とは別の、御当地撮影会だった。今回の撮影地である錦糸町は都の東側のターミナル駅でもあり、人の行き来は激しい。そんな中、北口ロータリー近くの広場には、長い髪を盛りに盛った色黒な男たちが、既に数十人集結していた。

そのうち半分ほどが、メイン撮影会にも毎度のように参加してくる常連たちだ。三週間前からウェブ上で告知をしていたとはいえ、平日の昼間に集合をかけても集まってきてくれる彼ら。サカタは、今回も撮影会のリーダーとして、張り切っていた。

「お疲れ様でーす、『メンズアウトロー』の撮影会へ参加しに来ましたー」

「あ、自分もでーす」

顔中にピアスをつけた男と穴だらけの革ジャンを着た男が、案内看板を手にするメグの元へやって来て、早速アンケート用紙への記入を始めた。晴天の今日、気温は高く、暑いくらいだが、季節を先取りした真冬のコーディネイトで、完全武装してきている。

集まったメンツを見続けるうち、サカタの頭の中では既に、誌面上での写真の配置が出来上がっていた。片っ端から、カメラマンのサトウ氏に撮影していってもらう。

「看板、もう下ろしていいよ」

サカタはメグに優しく指示した。同じような格好の連中が数十人もたむろしていれば、昼時の駅前広場では目立ちすぎるほどに目立った。

と同時に毎度のように、サカタは奇妙な感覚に陥る。男性ファッション誌としてはかなりの売り上げを誇る『メンズアウトロー』だが、同誌の提唱するファッションスタイルに感化されたような外見の若者たちは、渋谷以外の街中ではごく少数だ。

サカタにとり、発行部数という数字だけでは満足できなかった。ストリートを牽引《けんいん》し、時代の流行を作っていかなければ、男に生まれた意味がない。ビジネスパーソンとしての気合が足りないのかもしれなかった。

「メグちゃん、出勤前のホスト連中、この辺で捕まえられないかな?」

写真を撮っているサトウ氏を尻目にサカタが尋ねると、メグは辺りを軽く見回しどっちつかずな感じで頷《うなず》いた。デニムバギーパンツに白のカットソー、カーキのショートジャケットというキレイめな服装はスリムな身体《からだ》のラインを縦に強調し、清楚な白肌を裏切るような茶色い巻き髪とデカ目メイクが、サカタの欲望を刺激する。

「でもまだ撮影待ちの人、結構残ってますし、あと一時間くらい経ってからでいいんじゃないですか。あ、アオガクのタナカくん、来ましたよ、ほら、あそこ」

メグが小さく指差す方向を見ると、素材と質感の異なるモノトーンファッションでキメたタナカくんが、サカタたちのほうへと真っ直ぐに歩いてきていた。大きなサングラスをかけハットを被っていても、もう見慣れているため彼だとはっきりわかった。途中、タナカくんは撮影会友達の何人かと言葉を交わしたりしている。

「おはようございます、タナカです! サカタさん、メグさん、今日もお願いします!」

快活な挨拶をしたアオガクのタナカくんはメグに指示される前に自分からアンケート用紙を手に取り、記入しながらちらちらとサカタの顔を窺《うかが》った。サカタはすぐに思い至った。先日送りつけてきた自作の変なシルバーアクセサリーの感想でも聞きたがっているのだろう。雑誌とのタイアップで世に売り出してほしいのだろうが、サカタはおいそれとそれに応えてあげるほど甘くはなかった。

まだ社会に出たこともない、学び途中の大学生。商売の世界に足を踏み入れるのは、どう考えたって早すぎる。キャバクラのボーイとして一八歳の時から五年間、ゴミのような扱いを受けたという経験もないくせに――サカタはタナカくんのためだと思い、視線に気づかぬフリをした。そもそも、あんなくだらないシルバーアクセサリーには、はなから興味などなかったが。

＊

かじりついていたパソコンの二四インチ・モニターから顔を上げ、サカタは席を立ちトイレへ向かった。昼休みの半時間前、特に便意もないが、個室の洋式便器に座る。小便だけ出しながら、両手で目の周辺を揉《も》みほぐした。

液体石鹸《せっけん》で入念に手を洗った後、サカタはポケットから筒状のプラスチック容器を取り出しフタを開ける。ステロイド剤をごく少量だけ指にすくい取り、鏡を見ながら首筋に塗った。ディオールのシルバーネックレスが首の皮膚をずっと刺激していて、アトピー持ちのサカタとしては痒《かゆ》くて仕方なかった。

しかしながらサカタに、ネックレスを外すという選択肢はない。日本のストリートを牽引するファッション誌の一編集者であるという自覚も理由の一つだし、なにより、キタキ・メグという女豹《めひょう》を落とすためには、彼女の前でオシャレに気を抜くことなど一時も許されなかった。ステロイドを丹念に塗り延ばし首のぎらつきがほとんどなくなったのを確認するともう一度手を洗い、サカタは編集部へ戻った。

昼休みになると、各々が弁当を食べだしたり席を立ったりした。この会社は出版社としては珍しく、立ち寄りでもない限り、出社時刻や昼休みの時間帯もきっちりと定められていた。そのくせ、編集部員の帰りはいつも遅くなる。そのことを快く思っていない編集部員は多かったが、他の部署や関連会社がみんな決まりを守っているので、『メンズアウトロー』編集部だけ勝手なこともできなかった。もっとも、小食のサカタにはどうでもいいことだった。とりあえず休憩時間にジヤンクフードを口にできる環境なら文句はない。

「メグちゃん、アキオ、二人とも飯どうする？　決めてないなら一緒にどっか食いに行こうぜ」

「あ、はいわかりました、ちょっとこれだけ片付けちゃうんで、あと二分待ってください」

働き者のメグの作業を待つ間、入社一年目のアキオはケータイのキーをしきりに操作していた。メールかゲームでもしているのだろうと思いサカタが画面を覗《のぞ》き込むが、いつものように「プライバシー侵害です」とは言い出さない。

「なんかいい店ないか、探してるんですよ。ネットで」

「おお、その心がけ、いいじゃないかアキオ！」

サカタに褒められたアキオはまんざらでもなさそうな笑顔を見せた。

「ただな、もう一つアドバイスすると、この情報社会、いつまでもそんな時代遅れの機種を使っていてはダメだ。ウェブ上の情報をストレスなく使うには、このように大画面のタッチパネル式の機種が圧倒的に有利だ。情報へのアクセスに到るプロセスをできるだけ少なくするというのが、大きな課題なんだよ。情報社会におけるデキるビジネスマンのマストアイテム、アキオも買ってみたらどうだ?」

「それ、便利だとは思うんですけど、機種代やパケット定額料も結構高いみたいじゃないですか。僕の安月給じゃ、そんな余裕ないですよ」

「安月給、って言ったたって、大卒のおまえは俺の一年目よりはるかにもらってるはずだろ? ビジネスチャンスに繋がる自分への投資には、金を惜しむべきではないよ。ユーザー・フレンドリーなコミュニケーション・ツール、持っておくべきだ」

「お待たせしました、行きましょう!」

結局ウェブで探した情報など無視し、三人は定食屋が並ぶ通りを歩いていた。日差しの強い日だが、連なるビルに遮られ、サカタたちの歩いている裏通りは日陰になっている。通りのところどころに、順番待ちの列ができている。

「やっぱ混んでますねー」

メグが毎度のように口にする。アルバイトとして採用され二ヵ月しか経っていない彼女にとっては、古いオフィス街の昼時の光景が未だに新鮮に映るのだろうか。アルバイト時代からだと七年間この街で働いているサカタにとっては、もう日常風景でしかない。

女の子を連れてきていることも考慮しサカタは小洒落《こじゃれ》たパスタ屋に目星をつけていたが、ＯＬ客たちで激混みだった。今日に限って、天麩羅《てんぷら》屋やうどん屋も混んでいた。

「メグちゃん、挽肉《ひきにく》カレー大丈夫？」

「サカタさん、『まんてん』行っちゃうんですか⁉」

メグが頷き、アキオが顔をほころばせたこともあり、サカタは行きつけの挽肉カレー屋へ向かった。大通りの近くに位置する店の前に、数人が並んでいる。しかし回転がやたら速く、すぐ店内には入れた。コの字型カウンターにむかい客たちは黙々とカレーを食しており、席が一つ空くとすぐさま次の客が座る。三人以上の団体客が横並びで食事できることなど、この時間帯だと滅多にない。

「次の方ー、ご注文どうぞ」

席が一つ空くと案の定、三人は従業員のおばちゃんに声をかけられ、誰かしら一人早く座れと、目力で促された。サカタはアキオを座らせ、運よく同時に空いた横並びの席へメグと隣りあわせに座った。注文したカレーが運ばれてくるまでは二人の話も盛り上がったが、食べ始めてからはちょっとした間ができても互いに言葉を発することはなかった。従業員と客たちの織り成す空気が、無駄な喋《しゃべ》りを許さなかった。

ジャンボカツカレーを食べていたアキオが馬鹿みたいに早く食べ終え店外に出たため、サカタたち二人も食べ終えると食後の余韻に浸ることなくさっさと出た。挽肉カレーの味としては最高のものを出す店だが、混んでいる昼時に女の子と来るのはやはり失敗だった。わかっていたが、サカタは食べたくて仕方なかったのだ。仕切り直しに大通り沿いのカフェに入った。

「さっきの続きだけどさ、メグちゃんは、やっぱ雑誌一筋っていうより、服飾関係に携わりたいってこと？」

「そうですねー。ただ実際にアルバイト始めてからは、専門学校の頃に抱いてたような考えは変わってきましたね。好きな服飾にこだわるというより、その文化？　流行？　を作る側に回れたらなー、って」

「おお、マジでいいこと言うね！　俺もなんとか、メグちゃんが社員になれるよう口添えしてゆくつもり。それに比べ、せっかく大卒で入ってきたアキオ、おまえもヤル気もてよ、なあ？　上司の言ったことはすべてメモる、まずはそれだけ実践しろ。そうすりゃ、さっきみたいにタケさんから怒られなくて済んだのに」

サカタが諭しても、アキオはグラスにささったストローを見つめ曖昧に笑うだけだった。

「眠いのか？」

サカタが訊くとアキオは首を振った。

「サカタさん、こんな時に言うのもなんですけど、言っちゃいます。俺、じゃなくて僕、実は会社辞めようと思っておりまして」

抑揚のない声で発された言葉に、サカタとメグは絶句し、直後に顔を見合わせながら同じ言葉を同時に口にした。

「おお……」

勇気のいる告白だったのだろう。アキオはなぜか顔に表れようとしている笑みをなんとかこらえているというような表情で、落ち着いているわけでも、勢い込んでいるわけでもないそのバランスが、サカタにはリアルに感じられた。

「はい、一回目！」

サカタが人差し指を立てながら笑顔で言うと、アキオとメグの視線は真っ直ぐサカタに向けられた。

「入社して半年だろ？　新入社員が会社辞めたいって言い出す、一回目の時期。見事に当てはまってるよ、アキオ！　マジウケるんだけど！　俺も高卒後、なんのあてもなくスーツケース一つで岩手から上京して、上野のキャバクラで働いてた時、やっぱ半年経つ頃には辞めようとしてたよ、うん、懐かしい。だってな、あの女社会では男なんて存在、奴隷も同然だったわけよ。男なんて人と思われていないわけだから、女の子たちも平気で俺の前で乳首出しちゃったりするわけ。乳首見れるのはむしろ嬉しいけど、小便臭いティーンエイジャーとかにもアゴで使われてさ。まあ俺の場合はバイトだったけどさ、心意気としては正社員そのもので働いてたよ。ただ、なんとか耐えて五年間働いたからこそ、今の俺がある」

「へー、どういうことか聞きたいです」

「お、いいねメグちゃん！　まあ言ってみると、同じ職場に居続けることで見えてくる風景というものがあるわけよ。それが俺にとってはたまたま上野の夜のストリートで、あそこで肌に感じてきた空気が、ファッション誌の編集部員という今の仕事のまんまためになっているんだよ。上野でも渋谷でも錦糸町でも、一見違って見えるストリートにも共通する空気が漂っていてさ、それを可視化し、新しいビジネスモデル、トレンドなんかを打ち出してゆくという今の仕事。上野時代がなければここまで俺は成り上がれなかった。だから、最低でも三年くらいは勤めてみなきゃ、アキオのためにならないよ。第一、この不況の最中、転職なんかできるわけないだろう？　大学の新卒採用戦線だって厳しいっていうのに」

「……サカタさんのおっしゃることは、たしかにごもっともだと思います。ただ、自分、やりたいことがありまして……ギタリストになるという夢があるんです。数年前に行われた『ジャパニーズ・ドリーム』のオーディションでも惜しいところまでいったんですよ。約四〇〇〇人の中から一次選考通過者一二〇人の中には自分も含まれていて……とにかく、辞めたいんです。すべてを捨てて、ギターに専念したいんです。毎日九時過ぎまで残業しなきゃならない今の職場環境では、デモテープも作れないし練習もできません。この前ついに、ランディー・ローズの『クレイジー・トレイン』が弾けなくなりました」

言い終えたアキオは、もう氷しか残っていないグラスの底をストローで吸い始めた。

「そんなセットアップのジャージ姿で言われてもさぁ！　……一応訊くけど、いつ頃辞めたいんだ？」

「三週間後です。法的には問題ないはずです」

法的、という言葉にサカタは身構えたが、ネックレスを指で弄びながらしばらく考え、口を開いた。

「いや、アキオにはまだ考える時間が必要だよ！　まだ半年だぞ？　頼むから少しの間、冷静に考えてみてくれよ。じゃあさ、今日から一三日後の俺の誕生日を祝うまでは、退職願の提出とかはするなよ。誕生日当日に、俺へのプレゼントとして退職願をくれ。その時点まで決意が変わっていなかったら、俺が上の人におまえの意思を伝えるからさ。アキオ、先月おまえの誕生日に高いプレゼント買ってやったんだからな、嫌とは言わせないぞ？　なにがなんでも、誕生日におまえの退職願くれ！」

「あ、たしかに！　アッキー、サカタさんに恩あるじゃん！　せめてそれくらい約束しようよ」

死んだように黙っていたメグが堰《せき》を切ったように喋りだし、その後はサカタの誕生日会をどうするかなど、メグ主導で話が展開していった。

＊

横浜の会場を視察しての雑誌企画イベント打ち合わせを終えた後、編集部員一行は約束どおり横浜駅前に集合していた読者モデルたち五人とカメラマンのサトウ氏をハイエースで拾い、海へ向かっていた。

後ろの席で流行《はや》りのお笑い芸人の真似をしながら騒ぐ読モたちの会話に口を挟むでもなく、アキオは車体左側一人がけのシートに座り窓の外を眺めていた。その一つ後ろで、サカタも同じように窓の外へ目をやる。一際目立つデコトラが路肩に停められていて、運転手らしきツナギ姿の中年男が自動販売機でジュースを買っていた。

「アキオ、見えるだろ？　あのデコトラ運転手のオッサン。俺の地元のダチも結構、フリーのトラック運転手やっててさ。昔と比べて稼げないみたいだし、何より、会社に属していないから国民年金とか健康保険とか全額自分で負担しなけりゃならなくて、支払う保険料の額に苦しめられてるんだと。その点、自営業と比べて会社員は気が楽だよな。少ない保険料で、手厚い保険が受けられる。うん、会社員最高」

「そうかも……しれないですね。手堅い生活、という面では。ただその面だけでは」

一三日前にアキオから辞意を告げられて以来、サカタが面と向かってその話題を持ち出すことはなかったし、アキオも同じだった。アキオ本人の中で、その問題はどうなっていったのか、わからない。つれない返事のアキオにそれ以上は干渉せず、サカタは通路を挟んで二人がけシートに座るメグと語り合った。

海へ着いてから一同で大々的に撮影の準備をしていると、波に乗っていたサーファーのうち何人かが集まってきた。皆、『メンズアウトロー』の愛読者らしかった。

「コンビニの店員脅して毎回、発売日前日に手に入れてるし！　っていうか、こんなとこにマジ撮影スタッフ一行がいるんだけど、ウケる！」

「ご愛読いただきありがとう！　ちなみに、特に面白かった特集とかってある？」

集団の中で最も真っ黒な肌をもった目の細い青年にサカタが尋ねてみると、青年は唾《つば》をとばしながら答えた。

「そりゃもう、二号前の〝アウトロー・モーターショー〟がマジ最高だった！あんなにワルで激アツな車ばっかり見せられちゃってさ。呑気《のんき》に軽カーに乗ってる場合じゃないって、マジで俺を奮い立たせてくれたんだよね」

「おお、そうか！　あの企画ね、入社一年目のこいつが考えたんだよ！　よかったな、アキオ！　読者のニーズを、一生懸命に可視化していたもんな」

サカタに肩を叩《たた》かれたアキオが満更でもなさそうな顔で微笑《ほほえ》むと、熱狂的愛読者の青年もアキオの肩を叩いた。サカタとしては、自分の大事な日に、アキオが読者からそんなふうにされるのを快く思わなかった。

「君、ちょっと離れてて。撮影始めるから」

サカタにじっと見据えられ、ただならぬ雰囲気を感じたのか、青年はボードを抱え仲間たちとともに再び波に向かっていった。そしてサカタも、先に海パン一丁に着替えていた読者モデルたちに遅れながらハイエースの中で自らも下着だけ海パンへと穿《は》き替え、外へ出た。

「それではいきましょう、『メンズアウトロー』マッスルキャンプ第二ラウンド、チキチキ逆立ち対決ー！　よーい、はじめー！」

テレビのバラエティ番組のようなノリ。雑誌のオマケ記事でしかない企画だが、サカタは一応メグに言わせた。肌は黒いがガリガリの若い男五人が海パン一丁の姿で一斉に逆立ちを始める。開始直後にケンロウとユウジが砂浜の上に倒れ、コウとユウセイも一〇秒ももたないうちに倒れた。六本木現役ホストのレンだけが、一分経過しても姿勢を維持するどころか、余裕をかまし波の方へと二本の腕だけで移動しだした。

「超長い！」

「もういいから！　飽きた！」

ケンロウとユウセイが野次を飛ばしてもなお、レンは細い腕を濡れた砂浜に突き出し立ち続けていた。その姿を様々な角度からサトウ氏がカメラに収める。まだ午後三時過ぎだが、空はだいぶ暗くなってきた。

その後小一時間ほどかけいくつもの競技をこなし、最後に「名物編集部員サカタ三十路《みそじ》バースデーin冬の海」の撮影を行った。編集部員の中で最も雑誌やウェブサイトへの露出の多いサカタは、自分と同じように日焼けした肌を持つ、それでいて平均して一〇歳近く若い読者モデルたちから肩車されたり海パン以外すべての服を脱がされサンオイルを塗られたりと、様々な仕方で祝われた。カメラマンのサトウ氏は、そんな様子にも一切笑うことなく仏頂面で撮影し続ける。やがてムラカミ編集長やウエノ局次長以下、数人の社員や他の読者モデルたちも合流した。

「一一月の海は寒い！　しかし、ボクチンの心は猛烈に熱い！　感動した！」

サカタは暗くなってゆく海に向かい馬鹿デカい声で叫び、特大ケーキにささった三〇本の蠟燭《ろうそく》の火を、二吹きで消した。

「おめでとーう！」

「祝、三〇歳！」

沸き起こる祝いの言葉と拍手。余韻に浸る間もなく、若者たち特有のノリでサカタは三〇歳にして顔面に皿ケーキを何発も食らった。舐《な》めてみると全然甘くないホイップクリームを両手で拭い取りながら、自然と笑みがこぼれてしまう。

「っていうか、そろそろ服が着たいぜ！　なんで俺が水着姿なわけ⁉」

「とか言って最初から着てたじゃん、ウケるんだけどサカタさん！　やっぱあんた最高だよ！」

逆立ちが上手だったレンに言われ、調子に乗ったサカタは誌面のことを考慮し、波に向かって走り出した。それをすかさずサトウ氏のカメラが追う。

「つ、冷たすぎるぜ！」

サカタが腰まで海につかりながら大声で言うと一同は沸いたが、実際のところ、冷たさを感じたのは一瞬だった。下半身の皮膚感覚は既に麻痺している。上半身についた生クリームを濡れた手でゆっくりと落としながらサカタは、さっきからかなり我慢していた放尿を海の中で行った。ごく簡単なことだった。誰もいない海で、括約筋《かつやくきん》を緩めればいいだけのこと。サトウ氏ご自慢のカメラも、さすがに海面下に漂う黄色い液体を写し撮ることはできまい。海パンの中がまだ少し温かなままで、妙に興奮した。

サトウ氏がカメラのレンズをサカタから離した段階で、サカタは砂浜まで戻った。オチャラケ編集部員としてのオモシロ写真が、来月も全国の読者たちを爆笑の渦に巻き込むことだろう。サカタは、ファッションと笑いの両方を先導する二面性が大事だと日頃から考えていた。誰だって、格好つけてばかりいないでたまには手を叩き無邪気に笑っていたい。

満足げに編集長らと話し合っていると、サカタは後ろから声をかけられた。

「はい、サカタさん、受け取ってください。お気に召すかどうか」

振り返ると、アキオの前に立っているメグが小さな緑色の袋を差し出していた。

「ありがとう、メグちゃん！　これ、開けてもいい？」

「うーん、やっぱ、帰ってからにしてください！　この騒ぎだとサカタさんの喜びも麻痺しちゃいそうですし」

これで、お返しをする口実ができたとサカタは喜んだ。続けざまに、突っ立っているだけのアキオのケツを手で叩きながら言う。

「おまえからもプレゼントもらう予定なんだけど、どうなの？　ほら、くれよ！」

　サカタがしつこくねだると、アキオは呆《あき》れたような顔をしてつぶやいた。

「そんなもん、ないですよ……欲しがりますね、サカタさんも」

「おまえ、この野郎、アキオ、ふざけんなよ！　上司から言われたことを忘れちまうならちゃんとメモをとれ！　そして俺が何を欲しがっているか、現状では不可視な顧客ニーズをきちんと可視化させて、具体案を練り上げるんだよ！　それがウィン・ウィンへの道だ！」

　そう叫ぶや否やサカタは読者モデルたちも巻き込みアキオの服を無理やり全部脱がせた。勢いでダウンジャケットのポケットから白い封筒が砂浜の上へ落ちたが、サカタは素早くそれを拾い、そのままアキオと一緒に初冬の海へ放り込んだ。サカタの放尿した海へ。

　サトウ氏は、表情を崩しながらその光景を撮り続けた。この日初めて、彼が見せた笑顔だった。その笑顔を撮る人がいないのは、誠に残念なことだが。サカタ自身も、嬉しさで笑みがこぼれてしまうのを抑えられなかった。

解説

古市憲寿

本作『御不浄バトル』は、御不浄（トイレ）を冠したタイトルに恥じない、希代の「トイレ小説」である。ざっと数えてみたところ、本編のうち実に三二ページがトイレ内の描写に当てられていた。六ページにわたってトイレ描写が続くなんてこともある。

なんで本作にはここまでトイレが登場するのか？　それはトイレが、主人公にとって憩いと逃避の空間だからだ。

本作の主人公「僕」は、高額教材を売りつけるブラック企業に就職した新卒二年目の若者。彼の楽しみは、とにかくトイレの個室に入ることだ。

駅ビルで名前も知らない常連たちと個室争奪戦を繰り広げたかと思ったら、次第に会社の個室トイレでオムライスを食べたり、さらにはダッチワイフまでを持ち込むようになる。

物語終盤で、彼が「トイレを素通りし、そのまま会社へ」行こうとするものなら、思わず読者が「なんでトイレに行かないの！」と突っ込みたくなるくらい、心地の良いペースでトイレシーンが挿入される。

トイレで一人で隠れて食事をする「便所飯」なる言葉もあるが、トイレとは不思議な空間である。まさに「御不浄」という言葉が表すように、トイレとは清潔と対極に位置する場所だと考えられてきた。なぜそんな空間にはまっていく人々がいるのか。

こんな風に「トイレ」の現代的意義を考えながら本作を読んでもいい。だが、『御不浄バトル』は決してただの「トイレ小説」ではない。御不浄で吐露される心情を「縦糸」、ブラック企業という社会問題を「横糸」としながら、精密に組み上げられた物語なのだ。

羽田圭介くんの小説家としての軌跡は、登場人物の心情という「縦糸」と、彼らが生きる社会をどう切り取るかという「横糸」をどのように組み合わせるかの模索だった（と勝手に思っている）。

デビュー作『黒冷水』は現役高校生が描く若者小説ということで、「横糸」の心配をする必要はなかったかも知れない。せいぜい羽田くんが通っていた高校や、当時家庭に普及し始めたインターネットやパソコンのことを緻密に描けば、大人たちは勝手にそれを「横糸」と思ってくれただろう。

何より『黒冷水』は「縦糸」が抜群に面白かった。兄弟間の陰湿な争いを描いた物語だが、登場人物たちは時折母親を心配するような「優しさ」を見せながらも、結局は泥沼の家庭内抗争にはまっていく。

幽霊も登場しないし、超常現象も起こらないのに、まるでホラー小説のような臨場感と凄《すご》みがあった。

しかし「縦糸」だけで勝負できる作家は多くない。それまでの人生経験をその一作に込められるデビュー作と違い、二作目以降は圧倒的に少ないインプットの中で作品を発表していかないとならない。

だからきっと、「人生に一作だけ素晴らしい小説を書く」という能力と「小説家としてコンスタントに一定のクオリティの作品を発表し続ける」という能力はまるで違う。事実、華々しいデビューを飾りながら、その後ぱっとしない作家の数は多い。

だが、羽田くんはそうならなかった。

初期の『不思議の国の男子』や『走ル』は、どちらかといえば「縦糸」だけで勝負した物語だった。大人から見れば滑稽な男子高校生の日常（ＳＳってただの喧嘩《けんか》じゃん）を「公私コンドーム」「性欲なき構造改革」といった言葉が彩る『不思議の国の男子』も、自分の生活圏を越えた先にあるものを爽やかに模索する『走ル』も、もちろん面白い。『走ル』なんて、本当にただ走ってるだけなのに面白い。

だけど、このような作品だけで作家人生を乗り切ることは難しい。そこで登場人物の心情や彼らが抱える個人的な問題という「縦糸」に、何らかの「横糸」を絡ませる必要が出てくる。

　登場人物が非常に魅力的だったり、彼らの抱える問題が普遍的である場合は「縦糸」小説も成立するが、それよりも手堅いのは社会問題という「横糸」を絡ませることだ。しかしこの「横糸」の絡ませ方にもテクニックがいる。

　羽田くん自身、芥川賞の受賞記念インタビューで「社会問題やテーマ性に頼り切って書くのは駄目」だと答えていた。「単に社会的な問題を外から素材」としてテーマに選んだ結果、「小説として消化しきれない」ということがあるというのだ（特に「男性作家」がやりがちな間違いだという。今度、誰のことか聞いてみよう）。

「登場人物の目の前にある」「小さな問題」を、「安易に大きな社会問題に結びつけて書く」なんてことを、必ずしも小説家がしなくてもいい。それよりも登場人物が抱える、小さいけれど切実な問題をリアルに見つめていくことが大事なのだという。

とはいえ、登場人物が切実に抱える問題という「縦糸」と、この社会が抱える様々な問題や出来事という「横糸」を上手に織りなすことは、とても難しい。『走ル』の次作『ミート・ザ・ビート』には、芥川賞候補になりながらも選考委員からの酷評が相次いだ。宮本輝さんには「作者の幼さだけでなく、実生活からの体験の少なさが、はからずも小説のなかに露呈された」とまで言われている。『ミート・ザ・ビート』は、東京近郊の地方都市を舞台にした「マイルドヤンキー」たちの物語。酷評を下した宮本さんには、「ショッピングモール」「EXILE」「LDH」「若者の地元化」をキーワードに「マイルドヤンキー」とは何かを教えに行きたいところだが、『ミート・ザ・ビート』単行本が刊行された二〇一〇年には「マイルドヤンキー」という言葉もなかった。

もし当時、「マイルドヤンキー」という言葉が流行していたら、この作品に対する評価も変わったのかも知れない。

だが確かに『ミート・ザ・ビート』には、その世界観を彩る「横糸」が豊富に張り巡らされていた一方、「縦糸」が弱かったのも事実だ。ある意味で非常にリアルなのかも知れないが（マイルドヤンキーが本当に深いことを考えていないかも知れないから）、小説としては読み応えに欠けたという選評も理解できる。

そんな『ミート・ザ・ビート』の次作として刊行されたのが、本書『御不浄バトル』である。さて、「縦糸」の弱さが大人たちを混乱させた前作から『御不浄バトル』はどう変わったのだろうか。

結論から言うと、『御不浄バトル』は「縦糸」と「横糸」が「トイレ」という場所で、非常にうまく交差した作品になっていた。

主人公が勤務するのは、とんでもない値段で子ども向け教材を売りつける悪徳企業「電信教育センター」。オフィス内には「言い訳禁止、結果至上」といった標語が並ぶ。暴力も珍しくない職場で、営業部員は半年で辞めていくというブラックぶり。

だが面白いのは、同時にブラック企業「電信」の日常も丁寧に描かれていることだ。職場に蒸しパンを持ってきたりして、職場仲間を気遣う「良心」のあるおばちゃんが、同時に高額教材のテレアポとして働く事実。当たり前といえば当たり前なのだが、「ブラック企業」も切り取り方によっては、きちんと平和な日常が存在するのだ。

そして本作の見所は、主人公がいかに「電信」に巻き込まれていくかという点だ。彼は「電信」では珍しく大卒ということもあり、経理部門に配属されている。そのため、営業部員のように直接商品を売り込んだり、子どもや親を騙したりする必要はない。

だが、ある事情によって彼は最も「電信」らしい行為に身を染めてしまう。しかもおそらく悪意なく。

「ブラック企業」という言葉が新語・流行語大賞を受賞するのは二〇一三年のことだが、「御不浄バトル」の初出は文芸誌『すばる』二〇一〇年三月号。当時から若者の悲惨な労働環境に注目は当たっていたが、比較的早い段階で羽田くんは「ブラック企業」問題に切り込んでいたことになる。

そんなブラック企業のリアルという「横糸」が、個人の心情という「縦糸」にうまく交わる。それは「トイレ」という舞台があってこそだ。「トイレ」をうまく活用したという点で、本作には「トイレ小説大賞」を贈呈したくなる（「トイレ小説」が世に何作あるかは知れない）。

ちなみに『御不浄バトル』の後、就活小説『「ワタクシハ」』などがありながらも、羽田くんはきちんと着実に「縦糸」と「横糸」の組み合わせを模索し続けた(正直、『「ワタクシハ」』という作品は、『もしドラ』の就活版「もしギタリストとしてプロデビューも果たしている学生が就職活動をしてみたら」とでもいうべき「傾向と対策」小説のようになってしまっていたと思う。いや、それはそれで面白かったんだけど)。

そして羽田くんの作品に通底していたテーマである「身体」の問題に正面から向き合った『メタモルフォシス』を経て、芥川賞を受賞した『スクラップ・アンド・ビルド』は主人公の自意識という「縦糸」と、介護問題という「横糸」が、まさに有機的に絡み合った作品となった。

これからも羽田くんの「縦糸」と「横糸」の模索は続くと思うが、作家人生は当面の間、安泰だろう。なぜなら、芥川賞受賞をきっかけに、世間が羽田くんのことを知ってしまったからだ。

僕が羽田くんの小説を初めて読んだのは、一八歳の時だった。羽田くんと僕はほぼ同世代。デビュー作である『黒冷水』は、彼が高校生の時に書かれたものだった。その時のことはよく覚えている。読み終えてすぐ、インターネットで羽田くんに関する情報を探そうとしたからだ。

当時の僕が真っ先に気になったのは、「この小説は、どこまでが作者自身のことを描いたものなのだろう？」ということだ。羽田くんに兄弟はいるのか？　小説と同じように兄弟間で陰湿なバトルが行われているのか？

何か手がかりを探そうとネットで検索をしていたら、僕と同様の疑問を抱いた人を何人も見つけた。

文庫版に解説を寄せた斎藤美奈子さんはじめ、文藝賞の選考委員も同様の懸念を持ったようだ。「羽田くんにもし弟がいて、これを読んだら傷つかないかい？」「親御さんもショックを受けるかも」といった会話が選考会でも交わされたらしい。小説読みのプロまでが、『黒冷水』に作者の実生活が反映されていないか、本当に心配したというのだ。

小説家からしてみれば、創作物と自分自身を混同して欲しくないと思うかも知れない。しかし、こうした疑問が浮かぶということは、すでに読者はその作者「羽田圭介」に興味を持ち始めていることを意味する。

広く考えた時、あらゆる本はファンブックとして読まれ得る。たとえば、事実を記したノンフィクションでさえも、往々にして「何が書かれているか」よりも、

「誰が書いたか」のほうが重要である。

単行本刊行時、『御不浄バトル』はあまり売れなかったらしい。でもこの作品が読まれないのはあまりにも勿体ない。「縦糸」と「横糸」がうまく交差した傑作「トイレ小説」（しかも大賞受賞作）である以上に、これは羽田くんの小説だ。『アウト×デラックス』や『ワイドナショー』でトリックスターっぷりを発揮した羽田圭介がなぜ「トイレ小説」を書こうと思ったのか。それはいかなる小説なのか。芥川賞を受賞し、世間が羽田くんに興味を持ち始めた今こそ再び、読まれるべき小説だと思う。

（ふるいち・のりとし　社会学者）

ＪＡＳＲＡＣ　出1510698-501

本書は、二〇一〇年七月、集英社より刊行されました。

初出誌「すばる」
御不浄バトル　二〇一〇年三月号
荒野のサクセス　二〇一〇年五月号（「黒くなりゆく」改題）

集英社文庫　目録（日本文学）

ねじめ正一　シーボルトの眼　出島絵師 川原慶賀
ねじめ正一　商人《あきんど》
野口健　落ちこぼれてエベレスト
野口健　100万回のコンチクショー
野口健　確かに生きる　落ちこぼれたら這い上がればいい
野沢尚　反乱のボヤージュ
野中ともそ　パンの鳴る海、緋の舞う空
野中ともそ　フラグラーの海上鉄道
野中柊　小春日和
野中柊　ダリア
野中柊　ヨモギ・アイス
野中柊　チョコレット・オーガズム
野中柊　グリーン・クリスマス
野中柊　このベッドのうえ
野茂英雄　僕のトルネード戦記
野茂英雄　ドジャー・ブルーの風

法月綸太郎　パズル崩壊
萩本欽一　なんでそーなるの！　萩本欽一自伝
萩原朔太郎　青猫　萩原朔太郎詩集
爆笑問題　爆笑問題の世紀末ジグソーパズル
爆笑問題　爆笑問題時事少年
爆笑問題　爆笑問題の今を生きる！
爆笑問題　爆笑問題のそんなことまで聞いてない
爆笑問題　爆笑問題のふざけんな、俺たち!!
橋本治　蝶のゆくえ
橋本治　夜
橋本紡　九つの、物語
橋本紡　葉桜
橋本長道　サラの柔らかな香車
橋本裕志　フレフレ少女
馳星周　ダーク・ムーン(上)(下)
馳星周　約束の地で

馳星周　美《ちゅ》ら海、血の海
馳星周　淡雪記
馳星周　ソウルメイト
羽田圭介　御不浄バトル
畑野智美　国道沿いのファミレス
畑野智美　夏のバスプール
はた万次郎　北海道田舎移住日記
はた万次郎　北海道青空日記
はた万次郎　ウッシーとの日々1
はた万次郎　ウッシーとの日々2
はた万次郎　ウッシーとの日々3
はた万次郎　ウッシーとの日々4
花井良智　美しい隣人
花井良智　はやぶさ　遥かなる帰還
花村萬月　ゴッド・プレイス物語
花村萬月　渋谷ルシファー

集英社文庫　目録（日本文学）

花村萬月　風に舞う
花村萬月　風転(上)(中)(下)
花村萬月　虹列車・雛列車
花村萬月　鉦娥哢奼《あがるた》(上)(下)
花家圭太郎　暴れ影法師　花の小十郎見参
花家圭太郎　荒舞　花の小十郎始末
花家圭太郎　乱《みだれ》舞《まい》　花の小十郎京はぐれ
花家圭太郎　八丁堀春秋
花家圭太郎　日暮れひぐらし　八丁堀春秋
花家圭太郎　鬼しぐれ　花の小十郎はぐれ剣
帚木蓬生　エンブリオ(上)(下)
帚木蓬生　インターセックス
帚木蓬生　賞の柩
帚木蓬生　薔薇窓の闇(上)(下)
帚木蓬生　十二年目の映像
浜辺祐一　こちら救命センター　病棟こぼれ話
浜辺祐一　救命センターからの手紙　ドクター・ファイルから
浜辺祐一　救命センター当直日誌
浜辺祐一　救命センター部長ファイル
葉室麟　冬姫
早坂茂三　男たちの履歴書
早坂茂三　政治家は「悪党」に限る
早坂茂三　意志あれば道あり
早坂茂三　元気が出る言葉
早坂茂三　オヤジの知恵
早坂茂三　怨念の系譜
早坂倫太郎　不知火《しらぬい》清十郎　龍琴の巻
早坂倫太郎　不知火清十郎　鬼琴の巻
早坂倫太郎　不知火清十郎　血風の巻
早坂倫太郎　不知火清十郎　辻斬り雷神
早坂倫太郎　不知火清十郎　将軍密約の書
早坂倫太郎　不知火清十郎　妖花の陰謀
早坂倫太郎　不知火清十郎　木乃伊《ミイラ》斬り
早坂倫太郎　不知火清十郎　夜叉血殺
早坂倫太郎　波浪島の刺客　弦四郎　鬼神斬り
早坂倫太郎　毒牙狩り　波浪島の刺客
早坂倫太郎　天海僧正の予言書　波浪島の刺客
林えり子　田舎暮しをしてみれば
林修　受験必要論　人生の基礎は受験で作り得る
林望　マーシャに
林望　りんぼう先生おとぎ噺
林望　リンボウ先生の閑雅なる休日
林望　小説集　絵の中の物語
林望　リンボウ先生の日本の恋歌
林真理子　ファニーフェイスの死
林真理子　トーキョー国盗り物語
林真理子　東京デザート物語
林真理子　葡萄物語

集英社文庫 目録（日本文学）

林真理子	死ぬほど好き
林真理子	白蓮れんれん
林真理子	年下の女友だち
林真理子	グラビアの夜
林真理子	失恋カレンダー
林真理子	本を読む女
林真理子	女文士
林田慎之助	諸葛孔明
林田慎之助	人間三国志 覇者の条件
早見和真	ひゃくはち
原宏一	ムボガ
原宏一	かつどん協議会
原宏一	極楽カンパニー
原宏一	シャイン！
原民喜	夏の花
原田ひ香	東京ロンダリング
原田マハ	旅屋おかえり
原田マハ	ジヴェルニーの食卓
原田宗典	優しくって少しばか
原田宗典	スバラ式世界
原田宗典	しょうがない人
原田宗典	日常ええかい話
原田宗典	むむむの日々
原田宗典	元祖スバラ式世界
原田宗典	できそこないの出来事
原田宗典	十七歳だった！
原田宗典	本家スバラ式世界
原田宗典	平成トム・ソーヤー
原田宗典	貴方には買えないもの名鑑
原田宗典	大サービス
原田宗典	すんごくスバラ式世界
原田宗典	幸福らしきもの
原田宗典	少年のオキテ
原田宗典	笑ってる場合
原田宗典	はらだしき村
原田宗典	大変結構、結構大変。 ハラダ九州温泉三昧の旅
原田宗典	吾輩ハ作者デアル
原田宗典	私を変えた一言
原田康子	星の岬(上)(下)
原山建郎	からだのメッセージを聴く
春江一也	プラハの春(上)(下)
春江一也	ベルリンの秋(上)(下)
春江一也	カリナン
春江一也	ウィーンの冬(上)(下)
春江一也	上海クライシス(上)(下)
坂東眞砂子	桜雨
坂東眞砂子	屍の聲（かばねのこえ）
坂東眞砂子	ラ・ヴィタ・イタリアーナ

集英社文庫

御不浄《ごふじょう》バトル

2015年10月25日　第1刷　定価はカバーに表示してあります。

著　者　羽田圭介《はだけいすけ》

発行者　村田登志江

発行所　株式会社　集英社
東京都千代田区一ツ橋2-5-10　〒101-8050
電話　【編集部】03-3230-6095
【読者係】03-3230-6080
【販売部】03-3230-6393（書店専用）

印　刷　大日本印刷株式会社

製　本　大日本印刷株式会社

フォーマットデザイン　アリヤマデザインストア　マークデザイン　居山浩二

ISBN978-4-08-745370-6 C0193